Ronso Kaigai
MYSTERY
274

ダーク・デイズ

Hugh Conway
Dark Days

ヒュー・コンウェイ
高木直二［訳］

論創社

Dark Days
1884
by Hugh Conway

目次

主要登場人物

バジル・ノース……………………医師
フィリッパ…………………………バジル・ノースが恋慕する女性
ウィリアム…………………………バジル・ノースの使用人
氏名不明……………………………バシル・ノースの母親
グラント……………………………バジル・ノースの友人、法廷弁護士
サー・マーヴィン・フェランド…准男爵
ウィルソン夫人……………………サー・マーヴィン・フェランドの関係者
ルーシー・フェランド……………サー・マーヴィン・フェランドの最初の妻
ウィリアム・エヴァンス…………殺人容疑者
スティーヴン・クリスプ…………ウィリアム・エヴァンスの事務弁護人

ダーク・デイズ

第一章　祈りと誓い

私の若い頃のことを書き綴ったこの回想録は、誰もが信じられないような体験を記したものだが、読者は私が過ちを犯したことに気づくだろう——社会の規範に反する過ちばかりか、法に触れる過ちまでも。

言い訳になるが、それには二つの理由がある——愛情の強さと性格の弱さだ。

あなたが、この二つに関心がないなら、この本は放り出したほうがいい。私にとってあなたは善き人間すぎるし、あなたにとって私は俗な人間すぎる。互いに親しみを覚えることはない。今すぐこの回想録を閉じてほしい。

＊

私は、少年だった頃のことも、青年だった頃のことも話すつもりはない。壮年になってからのことを話そうと思う。若者らしいバラ色の夢は色あせ、よほどの衝撃でも受けないかぎり平静さを失うことはなくなり、無分別な行ないはすべて高い代償を払わされることを学び、やがては燃え尽きる青年期特有の気まぐれな熱情も穏やかな光を放つだけになり、体力も精神も知性も人生の頂点に達する

――あるいは達するべきだとされる――年齢、つまり三十歳から、この回想録をはじめることにしよう。

その頃の私はどんな人間だっただろうか？　いつも不機嫌で気むずかしく、失意のどん底にあった。何の野心もなく、将来を思い描くこともなく、生きている目的も目標もなかった。ただ、本能のおもむくままに生き、食べたり飲んだりしているだけだった。朝、目が覚めると、早く一日が終わらないかと願い、夜、床についても、生気のない目が翌朝ふたたび開くかどうかなど気にもかけなかった。

なぜそうなってしまったのか？　それをわかってもらうには、冬の夜、ひとり暖炉の前に座っている私と席を共にしてもらわなければならない。私の考えや当時の私の姿が、私の目の前に現われるように、あなたの目の前にもはっきりと浮かび上がってくるだろう。私の悲しみ、私の憎しみ、私の愛は、あなたのものとなり、あなたは私と一体となる。

この回想録は私が社会人として華々しく出発したところからはじまる。私、バジル・ノースは、優秀な成績で試験に合格して医師免許を取得した。人々を苦しみから救い出すよう最善を尽くすことによって、富も名声も得ることになるのだ。そのとき私が口にし、今も口にしているように、私は〝人々から敬われる仕事をとおして、社会に役立つ有意義な人生を歩む〟はずだった。

私は希望と勇気に満ちあふれ、どんな激務にも耐える覚悟ができていた。大きな地方都市に居を構え、自力で仕事に立ち向かう決意をしていた。開業に必要な準備を整え、徐々に地歩《ちほ》を固めていった。しだいに世間に知られるようになり、成功への道を歩みはじめたかに見えた。

しばらくのあいだ、私は夢の実現に向かって輝かしい道を歩んでいた。が、あるとき、その夢がついえ、人生に絶望することとなった。ある女性を愛したのだ。彼女の姿をあなたに示そう。

いや、無理だ。あなたにそれを示すことはできない。あのとき私が見たように——そして今も私が見ているように——彼女の真の姿は私にしか見えないのだ。

神よ！　なんとフィリッパは清らかで美しいことか！　その豊かな黒髪はなんと艶やかに輝いていることか！　美の極みといわれる白い肌とピンクの頰を持つ金髪人形などとはまったく異なる美しさだ！　彼女の血管には温暖な南ヨーロッパの血が流れ、褐色がかったきれいな頰を赤く染めている。母親はイギリス人だった。だが、娘に見事なまでの気高さ、魅惑的な黒い瞳、カールした長いまつげ、柔らかく豊かな黒髪を与えたのはスペイン人の血だった。情熱的で激しい性格や女王のような物腰と威厳も、おそらく父親譲りのものだ。イギリス人の母は、娘にあまたの素晴らしい資質を与えたかもしれないが、その美貌は、彼女が乳飲み子の頃に亡くなって顔も覚えていない、アンダルシア出身の父親から譲り受けたものだった。

しかし、異国的な気高さにもかかわらず、フィリッパはイギリス人だった。スペイン人の血を引いているというのは、彼女がそう聞かされて育っただけのことなのだ。父の祖国に足を踏み入れたこともなかったし、スペイン語もまったく解さなかった。フィリッパはイギリスで生まれた。父親がどんな仕事をしていたか定かではないが、人生の大半をイギリスで過ごした人物のようだった。

いつから私は彼女を愛するようになったのだろうか？　いや、それを言うなら、初めて彼女に出会ったのはいつだったかと問うべきだろう。彼女の姿を目にした瞬間、私の人生は彼女を愛することにほかならない、と天から告げられたのだ。それまで、目にしただけで胸がときめくような女性に出会ったことはなかった。私は、そんな愛があることを読んだり聞いたりしたことはあったが、いつも笑い飛ばしていた。忙しい日々の暮らしのなかで、ひと目見ただけで激しい恋に落ちることなどあり得ないと思っていた。ところが、これまで誰も経験したことがないほどの激しさで、私は彼女に魅了された。今、私は暖炉の火を見つめながら心の中でつぶやいている——何の目的もなく人生を無為に過ごしているのは、フィリッパの愛を勝ち取ることができなかった男のできる、ただひとつの生き方なのだと。

私たちの初めての出会いは、ごくありふれたものだった。慢性の病気を患っているフィリッパの母親が、診察してほしいと言ってきたのだ。最初、私は医者として訪問したのだったが、すぐに友人として訪れるようになり、阻《はば》むものは何もなかったので言葉を尽くして思いを伝えられる立場になった。

フィリッパと母親は郊外の小さな家に住んでいた。裕福とはいえなかったが、つましく暮らしていけるだけの資産はあった。母親は、物静かで心優しく上品な女性で、病にじっと耐えていた。病状は最悪だった。今できる治療といえば、転地療養を繰り返すことくらいだ。これまで彼女を診ていたどの医者も環境を変えるよう勧めていたが、六カ月ほど診察してきた私もそうしたほうがよいと告げた。

そう勧めてはみたものの、私の心は沈んでいた。もしそうなれば、私はフィリッパと別れなければならないからだ。

それにしてもそれまでの六カ月、あれほど彼女に恋焦がれていたというのに、なぜ私は、彼女の心をつかめなかったのだろう？　なぜ私は、フィリッパがここを離れる前に彼女と婚約できなかったのだろう？　それを言うなら、なぜ私は、彼女がここを離れるよう勧めたりしたのだろう？

答えは簡単だ。彼女は私を愛していなかったからだ。

はっきりそうだと言われたことはなかった。私を愛しているか訊いたこともなかった。とはいえフィリッパは、私が愛していることを知っていたはずだ――間違いなく知っていたはずだ。一緒にいるときの私の表情や振る舞いは隠しようもなかった。女性であるフィリッパが、それに気づかないほど鈍感なわけがない。私のように恋に落ちた男が、心の内を隠しおおせることなど、およそあり得ないことだ。

私は何も言わなかった。あえて言わなかった。希望がないことをはっきりさせるよりも、曖昧にしておくほうを選んだのだ――私の愛がフィリッパから拒絶されるその日は、私にとってこの世の終わりとなる日なのだから。

それにしても私は、彼女に与えるものを何か持っていただろうか？　開業したばかりの私にとって、順調に進んでいるとはいえ生活がそんなに楽なわけではなく、妻となる女性には苦労を共にしてくれと頼まなければならなかった。ああ、フィリッパ！　彼女には豊かな生活を保障しなければならない。金に糸目をつけずになんでも買い与えられる暮らしでなければならない。若さにあふれる美しい彼女の姿を目にしたら、あなたにはこんなことを望んでいる私が滑稽に見えるだろう。フィリッパのような女性が、勤勉だが稼ぎの少ない医者と結婚することなどあろうはずがない――世界中の男たちが彼女の足元にひれ伏して当然、と誰もが思う女性なのだから。

それでも私は、フィリッパが私を愛していると感じられたなら、妻になってくれれば必ず幸せにすると言って結婚を申し込んでいただろう。しかし彼女は私を愛していなかった。しかも彼女は野心的な女性だった。

フィリッパは――責めるのは酷だが――自分がいかに美しいかを自覚していて、当時、結婚しようとする男に然るべき地位と資産を求めていたことは間違いなかった。彼女は、自分が女王にふさわしい女性であることを承知しており、女王として扱われることを望んでいた。

(愛するフィリッパ、私の言葉はきついだろうか？　今までこれほど厳しい言葉を私が口にしたことはなかったたし、これから口にすることもないだろう。どうか私を許してほしい！)

私たちは友人だった――最高の友人だった。だが、そのような友情は愛を破滅に導くものでもある。誤った期待が膨らんで順調に進んでいると思い、袋小路に迷い込んでしまう。それは、いきなり折れる杖のようなもので、杖を頼りにしている人に大怪我を負わせる。友情が愛情へと育つのに必要なものはごくわずかであるように見える。それでいて、その〝ごくわずか〟が友情に加わることは滅多にない。憎しみや疎ましさのようなものが入り交じってはじまった愛が、ときとして友情から育った愛よりも、はるかに幸せな結末を迎えることもある。恋人と友人は両立しないものなのだ。

フィリッパと母親は私から遠く離れ、しばらくロンドンで暮らすことになった。ときどき手紙をもらい、ロンドンへ行った折に二人を訪ねたことも一、二度あった。時は過ぎていった。そのあいだも私は医者としての仕事に励んだ。懸命に働くことで、フィリッパの恋人になろうという夢を追い払おうと努めた。だが、それは空しい努力だった。フィリッパを愛することは、永遠に愛することなのだ！

ある朝、フィリッパから手紙が届いた。封を切ると、最悪の知らせだった。母親が急死したのだ。フィリッパはこの世に一人残された。私の知るかぎり、彼女には親戚もなかった。私のほかに友人は一人もいないと私は信じていた――あるいはそう望んでいただけかもしれないが。ぐずぐずしている時間はなかった。その日の午後、私はロンドンに着いた。たとえフィリッパの深い悲しみを癒すことはできないとしても、彼女に寄り添うことはできる。死去に伴うこまごました雑務を引き受けることはできる。

かわいそうなフィリッパ！　彼女は私の姿を見て喜んでくれた。涙を流しながら、感謝の表情を浮かべた。私はできるかぎりのことをし、葬儀が終わるまでロンドンに留まった。しかし、いつかは家に帰らなければならない。そうなったら、フィリッパはどうなるのだろう？

彼女には親類縁者はなかった。彼女と暮らしてくれそうな親しい友人の名前を聞いたこともない。私が予想していたとおり、フィリッパは天涯孤独の身となった。私がいなくなれば、彼女を気遣って助けてくれる人間は一人もいないはずだ。

私の心を駆り立てたのは、彼女が孤独だったからかもしれない。私は分別があったにもかかわらず、彼女が悲しみに打ちひしがれていたにもかかわらず、彼女の足元に身を投げ出してプロポーズした。何を言ったのか、今では思い出すこともできないが、言葉のかぎりを尽くして愛を告白した。どんな不器用な話し手でも、この情熱をもってすれば説得できるはずだと思ったのだ。だが、告白が終わるとすぐに、それが無意味であることを悟った。フィリッパの眼差しも、態度も、私を愛していないと言っていた。

私は、彼女の辛い心境を気遣って自分を抑え、「私の言ったことは忘れてくれ。今は返事をしなくてもいい。しばらくしたらまたこの言葉を口にするかもしれないが、このまま友人としてできるだけの世話をさせてほしい」と頼んだ。

フィリッパは首を振り、手を差し出した。最初の仕草は私の愛を拒んだことを、次の仕草は私の友情を受け入れたことを示していた。私はなんとか平静さを取り戻し、彼女の今後について話し合った。

彼女はリージェント・パーク近くの落ち着いた通りに家を借りていて、しばらくはここにいるつもりだと言った。

「だけど、一人きりになるじゃないですか！」私は声を張りあげた。

「そうなっては駄目なのですか？　怖がらなきゃいけないものでもあるのですか？　何かいい方法があるなら、おっしゃってください」

私は他のどんな方法も示せなかった。フィリッパは二十一歳を過ぎていて、ただちに母親の資産を相続することになるだろう。一人で暮らすには充分な額だ。親しい友人もいないのだから、まずは住むところを決めなければならない。それなら今の家に住みつづけてもいいではないか。にもかかわらず私は、この美しい娘がロンドンで一人暮らしすることを考えると胸が痛んだ。どうして彼女は私を愛してくれないのだろう？　なぜ私の妻になることができないのだろう？　情熱にまかせてふたたびプロポーズするのを、私はどうにか思いとどまった。

フィリッパが自分の将来を私に委ねるつもりはなさそうなので、私にできることは何もなかった。気落ちした私は別れを告げて家に帰った。これからの私は、この惨めな愛の結末を乗り越えるか、それを思い返して新たな苦しみにさいなまれるか、そのどちらかなのだ。

乗り越えるだって！　私の愛はそんなものではない。私の人生そのものなのだ。フィリッパは私の心から一瞬たりとも消えることはない。明るさを取り戻そうが、沈んだままでいようが、フィリッパは常に私の心の中にある。

彼女はときどき手紙を寄こしたが、どんな暮らしをしているかはほとんど書いてなかった。あくまでも友人に近況を知らせる短い手紙で、私に希望を与えるようなものではなかった。

とはいえ、希望がまったくないわけではない。私は、母親が亡くなったばかりだというのに、あまりにも性急に彼女に愛を求めようとしてしまった。彼女が深い悲しみから立ち直るまで待たなければならない。それから、改めてプロポーズすることにしよう。もう一度愛を告白するまでに三カ月はかかるだろう。三カ月！　そんなに長い時間待たなければならないとは！

自らに課したその日がしだいに近づいてきた。フィリッパからくる手紙を読むと、徐々に元気を取り戻し、気持ちも明るくなってきているようだ。実に私は愚かだった！　手紙を読んで、希望がありそうだと勝手に思い込んでいたのだ。

私の愛はいずれ叶《かな》うはずだと自分に言い聞かせながら、ふたたびロンドンにフィリッパを訪ねた。彼女は私を快く受け入れてくれた。まだ喪服を着ていたが、それまで見たことがないほど美しかった。挨拶を済ませるとすぐに、私は改めて愛の告白をしようとした。が、彼女はすかさず私の言葉を遮った。

「待ってください！」フィリッパは言った。「この前うかがった言葉はもう忘れました。このまま友だちでいましょう」

「それはできません！」私は熱を込めて言った。「フィリッパ、はっきり答えてください。私を愛することはできないのですか！」

フィリッパは哀れみの表情を浮かべ、私をじっと見つめた。「どう答えたら、わかってもらえるかしら？」彼女は考え深げに言った。「事実をはっきり言ったほうが、あなたを傷つけないようですね。バジル、もう遅いと言ったら、理解してくださるかしら？」

「もう遅いですって！　どういうことなのですか？　他に誰か――？」

私はそこで息を呑んだ。フィリッパは左手の薬指の指輪を抜いた。その下に隠すように金の結婚指輪をはめていたのだ。彼女は訴えるような眼差しで私を見つめた。

「もっと早く言うべきでした」誇り高い彼女がいつになくうつむいて静かに言った。

「実は事情があるのです——誰にも言わないと誓ったのです。これをお見せすればわかっていただけますね、バジル。他の方法では納得してもらえないでしょうから」

私は黙って立ち上がった。まわりで部屋がぐるぐるまわっているように感じた。はっきり見えるのは、美しい白い手にはめられた忌まわしい金の指輪だけだった——それは彼女が他の男のものである証しだ。夢に描いていた私の幸せな人生は、その瞬間、はかなく消え失せてしまった。

私の表情を見たフィリッパは、自分の言葉が私にどれだけ強い衝撃を与えたかに気づいたのだろう、私に近づき、私の腕にそっと手を置いた。私は木の葉のように身を震わせた。彼女は懇願するように私を見つめた。

「どうか、そんな顔をなさらないで！」彼女は叫んだ。「バジル、私にはそんな資格はありません。あなたを幸せにすることはできないのです。そのうちあなたは、私のことなど忘れて他の方と出会うことになるでしょう。理不尽なことをしたり、誤解を与えるようなことをしたなら、どうか許すと言ってください。真の友人として私の幸せを祈っていると」

私は乾いた唇を動かし、決まり文句を口にしようとしたが、無理だった。どんな言葉も出てこなかった。私は椅子にくずおれ、両手で顔を覆った。

突然ドアが開き、男が入ってきた。四十歳くらいだろう。背が高く端整な顔立ちをしている。身だしなみにも気を配っているようだが、その顔つきはまっとうな男ではない印象を与えた。私が椅子から立ち上がると、彼は疑わしそうに私からフィリッパに視線を移した。

「こちらは、お医者さまのノース先生。母と私の古くからのお友だちです」彼女は落ち着いた声で言い、「こちらはファーマーさん」と男を紹介した。来訪者の名前を言うとき、いくぶん彼女の首筋が赤く染まるのを見て、今はそれが彼女自身の名前でもあることを知った。

型どおりに挨拶をし、天気やたあいもない話をしたあと、フィリッパと握手し、私はそこから立ち去った――イギリス中でもっとも惨めな男だという思いを胸にいだきながら。

フィリッパは結婚していた。秘密裏に結婚していたのだ！　どのようないきさつで、誇り高い彼女が秘密の結婚を受け入れたのだろう？　彼女を手に入れたあの男は、いったい何者なのだろう？　あれほどの女性と一緒になりながら、それを公にしたくないとは、いったいどういう了見なのだろう？　人非人！　卑劣漢！　臆病者！　極悪人！　いや、よく考えたほうがいい。結婚を隠しておく正当な理由があるのかもしれない――フィリッパもそのことを知ったうえで受け入れたということも考えられる。私には彼女を悪く思う気持ちはなかった。今でも彼女は私にとって女王であり、この世でただ一人の女性だ。彼女がしたことは正しいのだ！

私は眠れない夜を過ごし、朝、フィリッパに手紙をしたため、〝末永くお幸せに〟と書いた――口で言うのは難しくても手紙なら自分を抑えて書くことができる。秘密の結婚は不幸な結末になることが多いが、それについては何も触れなかった。だが、彼女の悲惨な将来を見越し、私たちはいつまでも友人であり、もう会うこともないだろうが、友人の助けが必要なときにはいつでも私に連絡するようにと伝えた。一切、彼女をとがめるようなことはしなかった。今でも愛していることも、私にとって残念な結果になったことも書かなかった。フィリッパはこれから幸せになれると心を弾ませているに違いないのに、私が悲嘆にくれていることを思い出させて水を差すべきではない。私の人生における唯一の夢はこれで完全に消えてしまった。フィリッパとの永遠の別れだ。

私の愛は、情緒を軽んじて実利を重んじる現代においては、時代遅れなのかもしれない。だが、憐れみを受けようと、嘲《あざけ》られようと、私にはどうでもよかった。自分の気持ちを隠そうとは思わない。

私はすぐに家に帰る気にはなれなかった。自宅に戻り、一人で悲嘆に明け暮れる日々をはじめるには、あまりにも私の心は重く沈んでいた。しばらくのあいだ、私はロンドンに滞在することにした。ここに留まり、羽目を外してすべての記憶を消し去るのだ。だが、それは無益な試みにすぎない。そんなやり方で立ち直ろうとする者も多いだろうが、まず成功したためしはない。

フィリッパと話し合ってから四日後、私はこの界隈で名の通った友人と一緒に遊び歩いていた。あるとき、もっとも高級な社交クラブの前を通り過ぎようとすると、入口の階段のところでまわりの男たちと話している人物を見かけた。フィリッパの夫だった。男が他のほうへ顔を向けたので、友人の注意を彼に向けることができた。

「あの男を知っているか?」私は訊いた。

「クチナシを上着のポケットに挿している男なら、サー・マーヴィン・フェランドだよ」

「何者なんだい?　素性は?　身分は?」

「准男爵だ。あまり金持ちではないが、こういうところでよく見かける手合いだよ。女性にはかなりもてるという噂だ」

「結婚はしているのか?」

「誰も知らないんだ!　私も知らない。レディ・フェランドがいると耳にしたことはないが、そう名乗ってもよさそうな女性は何人かいるようだ」

そんな男がフィリッパの結婚相手とは！――彼女の夫だなんて！

私は歯噛みした。なぜあの男は、名前を偽って結婚したのだろう？　私に紹介した名前が偽りであることをフィリッパは知っているのだろうか？　もしそうだとしたら、どうして私にその名を告げたのだろう？　なぜ結婚が秘密裏になされたのだろう？　サー・マーヴィン・フェランドだけでなく、この国の上流階級の人間なら誰もがフィリッパと結婚したことを自慢するはずなのに！　考えれば考えるほど、私は憂鬱な気分になった。彼女がだまされているという不安が頭をよぎり、居ても立ってもいられなかった。私の誇り高い美しい女王が、ならず者にだまされて虫けらのように扱われると思うと、怒りが込み上げてきた。私にできることはないのか？

その場でただちにサー・マーヴィン・フェランドを問い詰めたい衝動にかられた。だが、私にはそんなことをする権利も資格もない。フィリッパに振られた求婚者というだけではないか。しかも彼女は秘密をあえて私に打ち明けたのだ。秘密にしておくことに正当な理由があって、私がその男の正体を知っていることがわかると、取り返しのつかない危害が彼女に及ぶかもしれない。彼に説明を求めることはできない。だが、何かしなければ！　このまま放置しておけば、私はいずれ自分を責め、もっと嘆き悲しむことになるだろう。

翌日、私はフィリッパを訪れた。少なくとも結婚した男の名前が本名かどうかは教えてもらえるだろう。だが、なんということか！　彼女はもう家にはいなかった――前日、もう戻らないと言って、そこを引き払っていたのだ！　家主の女性は、行き先は知らないがイギリスから出て行ったのではないかと言った。

これを聞いた私は、分別のない男と思われることも厭わず、あちこち駆けずりまわって、どうにかサー・マーヴィン・フェランドのロンドンの住所を突き止めた。翌日、私は彼の家を訪ねたが、彼もまたイギリスを発ったところだった。行き先は誰も知らなかった。

私は暗澹たる気持ちでそこから立ち去った。私が手を打つ機会はまったく失われてしまった。結婚が正当なものであれ偽りのものであれ、何らかの理由でファーマーと名乗る男と、フィリッパは旅立った。だが、その男の正体はサー・マーヴィン・フェランドなのだ。

私は自宅に戻った。自分の幸せな人生が崩れ去ったことを悟った今、私は神に祈り、そして誓った。愛する女性の将来が誇りと幸せに包まれるよう祈り、彼女が虐げられるようなことがあったら、必ずこの手でその男に復讐すると誓ったのだ。

私自身のためには、何も——この苦悩を忘れることさえも——祈らなかった。私はフィリッパを愛し、そして永遠に失った。私の過去、現在、未来は、その言葉に尽きている。

第二章　ならず者の仕打ち

恋慕の情など強い意志さえあれば簡単に追い払うことができる、という者がいる。嘘だ！　私の愛はそんなものではない。時の経過とともにどんな心の傷も癒される、と言う者もいる。私の傷はそんなものではない。私の人生は、フィリッパから結婚指輪を見せられたときにすっかり変わってしまった。疑う余地はない。希望は根こそぎ奪われた。その瞬間、私はまったく別の人間になったのだ。

私の人生は、もはや生きている価値のないものになった。鋭く尖った野心の先端は鈍り、名声を得ようという野望もなくなり、仕事に対する関心まで失ってしまった。すべての活力も柔軟な心も奪われた。この数カ月、私はお座なりに仕事をしてきた。診療の仕事が広がっていっても満足することはなかった。確かに働いてはいたが、仕事などどうでもよかった。順調に進んでいても何の喜びも感じなかった。患者が増えていっても特に嬉しいとも思わなかった。日々の暮らしを支える金を得られるだけのことで、それ以上の意味は何もなかった。私にとって金はどんな益があるというのか？　私が真に求めるものは金では買えないのだ。人生に何か意味があるのだろうか？　これまで付き合っていた友人のほとんどが明らかに私から離れていった。私の態度はどうみても感じがいいとは言えなかったし、特に友人がほしいわけでもなかったからだ。私は一人だった。いつも一人でいるほうがよかったのだ。

このようにして一年余りが過ぎた。私の状態はよくなるどころか、ひどくなる一方だった。憂鬱な気分はより深まり、皮肉な考えはさらに凝り固まり、私の人生はますます無意味なものとなっていった。

この回想録は恋のラプソディーではない。できることならあなたに読んでほしくはないのだが、これから述べる私の振る舞いを理解するためには、そのときの私の心の内を正しく知ってもらう必要がある——今でさえ私は、この文章を心臓の血を抜き取って書いているように感じているのだから。

フィリッパからの便りはなかった。私は、彼女の消息を尋ねようともしなかったし、行方を追おうともしなかった。あえてしなかった。だが私は、片時も彼女を忘れることはなかった。鬱々とした日々を過ごしながら、彼女が人からうらやまれるような幸せな暮らしをしていると思い込もうとした。にもかかわらず、彼女の運命がそんなものであるはずはないという思いが頭をよぎり、胸が締めつけられた。

しかしそうしていながらも、私はいずれ真実を知る日が来るだろうという気がしていた。そのときは、私の祈りが叶ったことを感謝するか、私の誓いを実行に移すか、そのどちらかになるだろう。

こうして厭世的な気分で過ごしているときに、遠い親戚の男が亡くなり——別に当てにしていたわけでもなかったが——莫大な遺産を私に残してくれた。だが、それによって喜びを感じることもなかったし、心が浮き立つこともなかった。この予想もしなかった遺産は、私にはどうでもいいものだった。しかし、嫌々やっていた仕事から私を解放してくれたことは紛れもない事実だった。もしこれが二、三年前だったら！　人生とはそんなものだ。人生ではあらゆることが遅れてやってくる。

生活の糧を得るために人とかかわる必要がなくなったので、私はますます自分の殻に閉じこもっていった。青年の頃には遠い国々を旅することを夢見ていたが、もはやそんな望みは消し飛んでしまった。私は診療の仕事をやめた。仕事を引き継ぎたいと最初に言ってきた人物に診療所を譲り渡したのだ。私は住みついた地方都市を去ってローディングという小さな町へ移り、そこから五マイルほど離れたところに、山小屋と言ってもいいほどの小さな家を買った。ここではまったく誰にも知られていなかったので、私は気ままに暮らすことができた。それから数カ月、私はほとんど世捨て人のような暮らしをした。

身のまわりの世話は、二、三年前から雇っている男がしてくれた。彼はよく気のつく忠実な使用人だった。真っ正直で、スフィンクスのように何事にも動じなかった。しかし、どういうわけか私の言うことには素直にしたがい、女性の使用人が受け持つことの多い家事でも喜んで引き受けてくれた。

この間《かん》の隠遁生活を医者として振り返ってみると、私をむりやり現実の世界に連れ戻す事件が起こらなかったら、私の運命はいったいどうなっていただろうと思わざるを得ない。悲嘆に暮れながら鬱々と一人暮らしをつづけるうちに、私の心は病み、遅かれ早かれ鬱病になっていたことは間違いないだろう。専門家の目から見れば、私は自殺していても不思議ではない状態だったのだ。

頭の働きがしだいに鈍くなっていくなかにあってさえも、私は自分が危険な道に足を踏み入れていることに気づいていたようだった。というのも、この半年、一軒家でふさぎ込んで過ごしているうちに、元気になるためには環境を変えなければならない、と思いはじめていたからだ。なかなかこの静かな家から離れる気にはなれなかったが、何とかそうしなければと、日々、決意を新たにしていた。

だが、あいかわらず同じような日々が過ぎていき、私はいまだにここに留まっている。本をたくさん持ち込んでいたので、読書に明け暮れる毎日だったが、いつも決まって、読んでいる本を放り出すのだった――苦笑を浮かべ、何のためにこんなものを読んでいるのだと自問しながら。知識をため込むため？　馬鹿馬鹿しい！　フィリッパをかたく抱きしめ、彼女の口から愛しているという言葉を聞くことさえできたら、私は獲得した知識のすべてを――これまで蓄積した研究成果のすべてを――誰かに譲ったってかまわない。人と交わりながら辛い仕事に耐えていたときでも、フィリッパへの叶わぬ愛を断ち切ることができなかった。こんな生活をしている今、どうしたらそれができるというのか？

もういい！　ひとりよがりの述懐はこれで終わりにしよう。暖炉のそばに座って、私と一緒にこの回想録を読み進めなければならない理由を、あなたはもう理解したはずだ。つまり、私の心の動きを読み取るためには、その前に私の心の内側に深く入り込まなければならないのだ。私と心が通い合うかどうかは、あなた自身の気質に依存している。ただ一人の女性への愛があなたそのものになり、あなたの考えのすべてを占め、あなたのあらゆる行ないを導き、あなたの人生を祝うか呪うかする。愛がこのような姿で訪れると感じる人なら、あなたは私を受け入れることができるだろう。

あの夜、あなたの前に初めて自分をさらけ出したときも、心の傷が癒えることはない、忘れることなどあり得ない、と私は思っていた。私の記憶が、何度もたどった道をふたたび歩みはじめると、あらゆる出来事がまるで昨日のことのように感じられ、すべての情景がいま起きたことのように鮮やかに甦ってきた。長いあいだ私は、真っ赤に燃える暖炉の火を見つめて座っていたが、そのうち目の前に浮かんでくるのは、愛しいフィリッパの面差しだけになった。彼女はどんな暮らしをしているのだろう？　今、どこにいるのだろう？　私は、隠遁生活に終止符を打とうと決心した。現実の世界に戻って彼女を見つけ出そう――自分勝手な思いを捨て去って。幸せかどうか彼女の口からじかに聞くのだ。もし不幸せだったら、真の友が愛する友にするように、私は彼女を慰めるだろう。そうだ、明日、この惨めな暮らしから抜け出そう。明日の自分の姿と今日の自分の姿を重ね合わせ、頬が火照るのを感じた。一人の女性のために自分の人生を台なしにしてしまったり、自分の才能をつぶしてしまったりする権利など、誰にも与えられてはいないのだ。

これまで、あなたに話さなかったことが気になってはいたのだが、私には今の生活を変えるもうひとつの理由があった。その日の朝、私は母から手紙を受け取った。この六年、私は彼女と顔を合わせていなかった。私がちょうど社会人として独り立ちした頃、母はアメリカ人の男性と再婚した。涙を浮かべながら、母は私と別れてアメリカへ渡った。そして数カ月前、彼女の夫はこの世を去った。私はすぐに母を訪ねようとしたが、彼女はそれを断ってきた。新しい夫とのあいだに子どもはなかった。夫にかかわる一切を片づけたあと、彼女はイギリスに戻る決心をし、三日後にロンドンに着くので私とそこで会いたいという手紙を寄こした。

このところだいぶ疎遠になってはいたものの、母は私にとってとても大切な人だった。ひとりっ子の私の憔悴しきった姿を母の目にさらすことにためらいを感じ、私は彼女のためにも今の隠遁生活を終わらせなければならないと心に誓った。

しかし明日になれば、その決心も鈍って、どんな関心も目的もない生活に戻ってしまうかもしれない。どうすればいいのだ！　しかし、そのときの私は、翌日自分に降りかかってくる事件について何も知らなかった。

翌日の夜のことを話そう。冬のさなかで外は厳しい寒さだった。まだランプを点けないでいたので、暖炉の火だけが部屋の中をほの明るく照らしている。カーテンは引かれておらず、鎧戸《よろいど》も閉じられていなかった。ときどき私は、窓の外に目をやって星空を見上げた。星々は穏やかにひっそりと冷たい光を放ち、反目したり、激しく情熱をぶつけたり、失望したりする世界とは無縁のように見えた。

私は、物憂い気分で椅子から立ち上がり、外の様子を見ようと窓辺へ進んだ。窓に近づくと、空がすでに暗くなっているのに気づいた。しかも羽毛のような雪が羽目板の角に降り積もっている。私は窓に身を寄せて外の夜景に見入った。

一ヤードも離れていないところに、薄明かりの部屋を見つめて誰かが立っていた――そのやつれた顔は死人のように青白く、黒い瞳は私に釘づけになっている。女性だった。愛するフィリッパではないか！

数秒間、私は魔法にかかったように立ちすくみ、彼女を見すえた。自分が心に描いた幻影を見ているにすぎない、という考えしか浮かばなかった。夢の中に愛するフィリッパの姿が現われることはたびたびあったが、目覚めているあいだに、このような幻影を見るのは初めてのことだった。幻、夢、現実！　私は幻影を見て身の毛がよだった。それは、苦悩にさいなまれたフィリッパの姿だったからだ。

彼女のかぶっているフードが、降りしきる雪でしだいに白くなっていくではないか。それに気づいた私は、ハッと我に返り、背筋が凍りついた。生きているフィリッパが私の目の前に立っている。狂喜のあまり小さな叫び声をあげ、フランス窓の留め金を引きちぎるようにはずして窓を開けた。愛する人は無言のまま冷たい外気の中から部屋に入ってきた。

彼女の身体は、頭から足元まで、毛皮の飾りがついた黒の分厚いマントで覆われている。私のそばを足早に通ったとき、雪が解け出してマントが濡れているのに気づいた。私は窓を閉じ、心臓が早鐘のように打つのを感じながら来訪者に向き直った。彼女は部屋の真ん中で立ち止まった。マントはすでに床に落ちている。彼女の青白い顔、手、首筋が、薄明かりのなかに浮かんでいる。私は彼女の両手を自分の両手で包み込んだ。それは氷柱《つらら》のように冷たかった。

「フィリッパ！　フィリッパ！　どうしてここに?」私はささやくように話しかけた。「よく来てくれました。本当によく来てくれました。私にとって、喜びとなるか悲しみとなるか、今はなんとも言えませんが」

フィリッパはわなわな震え出し、何も答えず、冷たい手で私の手をきつく握りしめた。私は彼女を暖炉の前に連れていった。暖炉の火をかきまわすと火は勢いよく燃えあがった。彼女は暖炉のそばで膝をつき、両手を伸ばして暖めようとした。どうしてこんなに真っ青な顔をしているのだろう？　フィリッパがこんなになってしまうなんて！　だが、なんと愛らしいのだろう！

私は足元にひざまずく美しい女性に見入った。いつも誇りに満ちていた彼女が、今は恥じらうようにうつむいている。そのとき私は、今こそ誓いを果たすべきときが来たのだと直感した。こうなったからには、その実現に向けて力の限りを尽くさなければならない！

ようやく彼女は顔を上げた。その目には、これまで見たことのないような暗い光が宿っている。

「フィリッパ！　フィリッパ！」私は思わず声を張りあげた。

「明かりを持ってきてください」彼女は小さな声で言った。「もう一度私の友だちの顔を見せてください――まだあなたが友だちなら」

「私はあなたの友だちです」私はすかさず彼女の問いに答えた。「真の友人です、永遠に」

テーブルにランプを置くと、フィリッパは膝を伸ばして立ち上がった。彼女は喪服を着ていた。夫が亡くなったのではないかという思いが頭をかすめた。私は、そのことを喜んだのだろうか？　悲しんだのだろうか？　後者であってほしい。そうだったと信じたい。

私たちは黙ったまましばらく立ちすくんでいた。ふたたびフィリッパに会えたことにうろたえながらも、心の底から喜びが湧き上がり、私は何も話せなかった。夢ではないと自分に言い聞かせ、彼女をただじっと見つめていた。フィリッパは間違いなく目の前にいる。私は彼女の声を聞きながらその両手を握っている。どう見てもフィリッパだ。だがそれは、昔のフィリッパではなかった！

暖かい光を放って輝いていた彼女の美しさは衰え、艶やかだった顔の肌もくすんで見える。しかも、その表情には翳《かげ》りがある――苦しみに耐えている顔だ。私には病人の顔に見えた。病気は、時によってこのような顔をつくり出すものなのだ。とはいえ、病気だとしてもそんなに長いものではないだろう。今でもフィリッパは美しく、両腕もふくよかさを保っている。彼女はふらつくこともなくまっすぐ立っていたが、その誇り高い蒼白の顔と翳りのある黒い瞳を目の当たりにして、私は身を震わせた。だが、私を探し出そうとした理由をむりに訊き出そうとはしなかった。

先にフィリッパが沈黙を破った。「バジル、あなたは変わってしまいました」

「人は時とともに変わるものです」私は作り笑いを浮かべて言った。

「信じてもらえるかしら？」彼女はつづけた。「楽しく暮らしていた時期もありました。だけどそんなときでさえ、あなたの顔が――最後に会ったときのあなたの顔が――何度も浮かんできたのです。ああ、バジル、自分自身にもっと真摯に向き合っていたら、私はあなたを愛するようになっていたかもしれません」

彼女は心から悔やんでいるように話し、まるで人生も愛も終わったと言わんばかりだった。急に胸が高鳴ってきた。だがフィリッパは、彼女を熱愛しているという私の言葉を聞きたくて話しているのではない。そのことは充分承知していた。

「あなたの噂も一、二度、耳にしました」彼女は静かに言った。「あなたは裕福になったが、決して幸せではないと」

「私はあなたを愛し、そして失ったのです」私は答えた。「どうしたら幸せになれるというのですか?」

「男の人は、そんな愛し方をすることができるのですね?」彼女は悲しげな表情で言った。「でも、男の人すべてがそうとは言えないのでしょう?」

「私のことはいい。あなた自身のことを話してくれませんか。何か手助けできることがあったら言ってほしいのです。あなたの夫は――」

彼女の呼吸が速くなり、息苦しそうだった。頰に赤みが差し、目は不思議な光を放っている。にもかかわらず彼女は物静かな口調できっぱりと言った。

「夫ですって! 私にはいません」

「亡くなったのですか?」

「いいえ」――彼女はひどく辛そうに話しはじめた――「いいえ、最初から私は妻ではなかったのです。教えてください、バジル」彼女は激しい口調でつづけた。「あなたは今まで人を憎んだことはありますか?」

「あります」私は正直にはっきりと答えた。私は一人の男を憎悪している。フィリッパを連れて姿を消した恥知らずな男を一目見たときから憎んでいた。私の懸念していた最悪の事態が現実となった今、この憎しみをどうやって抑えろと言うのか？

私はいつのまにか唇をきっと結んでいた。話そうとすると、フィリッパと同じようにかすれて苦しそうな声になった。「さあ、座って」私は言った。「私にすべてを話してください。私がここにいるのをどうやって知ったかを――あなたがどこからやって来たかを」

彼女がどこから来たかがわかれば、その男に私の手で確実に天罰を下すことができる。そうなのだ！　私の人生は、今、生きる意味を与えられたのだ。

「数カ月のあいだ、私はここに住んでいました」フィリッパは言った。

「ここにですって！　この近くに？」

「そうです。何度かあなたを見かけました。ここから三マイルほど離れたところに住んでいます。いざとなったら助けてもらえる友だちが近くにいるというのは、私にはとても心強く感じられたのです」

私は彼女の両手を強く握った。「それで？」私はしゃがれた声で言った。

「あの人が私をここへ追い払ったのです。私に嫌気が差してきたのでしょう。子どもが生まれるところでした。私のことがお荷物になったのです――疎ましくなってきたのです」

そう話す彼女の口調には、言い表わせないほどの侮蔑の念がこもっていた。

「フィリッパ！　フィリッパ！」私はうめくように言った。「あなたは、そんなに自分を貶《おと》めてまであの男の言いなりになっていたのですか？」

彼女の手が私の腕に触れた。「それだけじゃありません」彼女は言った。「聞いてください！　私が家を出る前に、あの人は私を殴ったのです。殴ったのですよ――この私を！　罵りながら殴ったのです！　バジル、あなたは人を憎んだことはありますか？」

私は両腕を激しく振り下ろした。私の胸は怒りと憎しみで張り裂けそうだった。「あなたは、私の妻にならずに、そんな男の愛人になってしまったのですね」私はあえぐように言った。私の愛も、彼女の悲しみも、私の口から彼女をとがめる言葉がほとばしるのを止められなかった。

彼女は弾けるように立ち上がった。「バジル！」彼女は叫んだ。「あなたはこんな理不尽なことを思いつくことが――想像することが――できますか？　これを読んでください！　今朝、初めて私は真実を知ったのです」

彼女は、汚らわしいもののように私に向かって手紙を投げつけた――まるで薄気味悪い爬虫類を放り出すかのように。私は手紙を黙って開けた。

「あなたの言うとおりです」彼女は口を開いた。「自分を貶《おとし》めたと言われても仕方ありません。私はそこまであの人に操られていたので、彼が選んだ家に住むことにしたのです。自分を見失っていたために、それまでの数カ月の冷たい仕打ちも――殴られたことさえも――許してしまったのです。どうしてかですって？　今朝まで、あの人は私の夫だったからです。手紙を読んでください。バジル、あなたは人を憎んだことはありますか？」

手紙を読もうとしていた私は、驚いてフィリッパに目を向けた。彼女は熱に浮かされたように興奮して話しつづけている。堰《せき》を切ったように次から次へと言葉があふれ出てくる。相手の悪行を訴える女性がそんなふうになるのも止むを得ないだろう。私に見つめられて、ようやく彼女は落ち着きを取り戻した。

「読んでください」彼女はすがるように言った。「ああ、神様！　私は落ちるところまで落ちてしまいました。だけどバジル、あなたが思っているほどではありません」

私が手紙を読んでいるあいだ、フィリッパは顔を両手に埋めていた。手紙はパリから送られてきたものだった。

＊

〈私たちはこれ以上折り合って行けそうもないので、もうこの偽りの生活は終わりにしたほうがいいでしょう。そのことをはっきりさせるいちばん簡単な方法は、私たちが結婚したとき、私には妻がいたとあなたに告げることです。しばらくして妻はこの世を去りました。私たちがうまくやって行けるようなら、その時点で私はあなたと再婚しようと言っていたでしょう。しかし今ではこんな状態になっているのですから、ここで終止符を打つべきです。それによってあなたは、あなた自身には道義的に何の責任もないことを知って満足するはずです。

分別のある女性として、あなたがこの状態を受け入れる用意があるなら、私は寛大に振る舞い、金銭的なことについては然るべき措置をとろうと思っています。私はどんなことでも曖昧なままにしておきたくはないし、この微妙なやりとりを第三者に委ねるつもりもないので、イギリスに戻ってあなたと話し合おうと思っています。水曜日の夕方、ローディング駅に到着する予定です。駅に迎えを寄こす必要はありません。私は歩いて行くつもりですから〉

＊

手紙に署名はなかった。読み終わった私は、はらわたが煮えくりかえる思いがした。だが、怒りが込み上げてきたにもかかわらず、手紙の主のいやらしい皮肉に気づき、その薄気味悪いユーモアにぞっとした。ここに、かつて愛した女性を卑しめる忌まわしい一撃を――彼女を地面に叩きのめすかのような一撃を――加えようとしている男がいる。彼は自らの言葉で自分が人間のくずであることをさらけ出し、重婚していたことを告白している。そればかりか、この事態を金で解決しようと冷たく言い放ち、訪問する際のどうでもいいことまで事細かに指示しているではないか！　恥知らずで自責の念など毛すじほども持ち合わせていない、芯まで腐りきった人非人なのだ！

私は手紙をたたんで胸のポケットにしまった。この手紙を手元に置きたかった。これからの二十四時間、何回も繰り返してこの手紙を読むことになるだろう――長い時間、時の経つのも忘れて。フィリッパは、私が手紙を持っていることに異を唱えなかった。物憂げに暖炉の火を見つめながら、身じろぎもせずに座っている。

「あなたは、あの男の本名と身分を知っていたのですか？」私は訊いた。

「ええ、最初から。ああ、バジル！　私は愚かでした！　あの人の身分やお金に惑わされてしまったのです。そして――バジル、私はあの人を愛するようになりました」

悔恨の念にさいなまれたのか、彼女は最後の言葉を消え入りそうな声で言った。私は歯嚙みしながら、自分が愛をもしのぐ強い感情を持っていることに気づいた。「あの男と明日会うことにしよう」

私は心の中でつぶやいた。

「そういえば、子どものことを話していましたね？」私はフィリッパへ顔を向けて訊いた。

「子どもは死にました――死んだのです――死んでしまったのです！」彼女は狂ったように高笑いしながら叫んだ。「二週間前に死んだのです。死んでしまったのです！　そのときの私は、悲しみに打ちひしがれました。だけど今では、そのほうがよかったと思っています。見てください！　今は喪服ですが、明日は脱ぐつもりです。喜ぶべきことだったのに、どうして悲しまなければならないのですか？　明日からは喪服は着ません」

また興奮してきたらしく、彼女の口調は熱を帯びて早口になった。私は両手で彼女の両手を包んだ。その手は燃えるように熱かった。

「落ち着いて、愛しいフィリッパ。あなたはもう、あの男とは会わないのでしょうね？」

「会いません。ここへ来たのは、自分の身を守るために、あの人と会わないと決心したからです。私にはあなたに助けを求める資格などありませんが、助けが必要になったとき、あなたの言葉が心に浮かんできました。私には助けを求めることができる友だちがいたのです。助けてください、バジル！妹が兄を頼るような気持ちで、私はここに来ました」

「妹が兄を頼るような気持ちで」私はその言葉を繰り返した。それから、「私はあなたの信頼に応えるつもりです」と言って、うやうやしく彼女の青白い額に口づけし、身も心も彼女に捧げることを誓った。

「ここにずっといられるのですか？」私は訊いた。

「いいえ、家に戻らなければなりません。明日、もう一度来ます――明日、必ず。バジル、私のお兄さん、どこか遠くへ私を連れて行ってくれますね――どこか遠くへ」
「どこへでも好きなところへ行きましょう。今の私はどこにいても同じですから」
フィリッパは私が兄になることを許してくれた。これで私は兄の立場で、彼女と彼女にひどい仕打ちをしたならず者とのあいだに割って入ることができる。明日、あの男はここにやって来るはずだ！ 私は、彼と一対一で渡り合えるこの瞬間をどんなに待ち望んでいたことだろう！

フィリッパは立ち上がって、「もう帰らなければ」と言った。

私は彼女に、何か食べてワインを飲むよう強く勧めたが、何も口にしようとはしなかった。だが、私が彼女の家まで一緒に行くことは拒まなかった。私たちは、彼女が入ってきたフランス窓から外に出て、雪で白くなった道路に足を踏み入れた。彼女は私の腕にすがりつき、二人で彼女の家へ向かった。

私は、フィリッパに誰と暮らしているかを訊いた。彼女は、ウィルソンという名の寡婦《かふ》と彼女の二人の子どもたちと一緒だと答えた。フィリッパは、サー・マーヴィン・フェランドに命じられるままにその家へ追いやられたのだ。ウィルソン夫人は彼の遠い親戚で、フィリッパの体調が戻るまで面倒をみることになっている、という話だった。

これひとつをとっても、あの男がおぞましいほど歪《ゆが》んだ心の持ち主であることがわかるだろう。彼の言葉を鵜呑みにして妻だと信じきっている女性を、自分の縁者のところへあずけるとは！ 何がなんでもそれに見合う罰を与えなければ！

「あなたは、夫人たちになんと呼ばれているのですか？」私は訊いた。

「私はあの人から偽名を名乗るよう言われました。何か事情があってそう言ったのでしょう。けれど、夫人に隠しておくべきではないと思いました。理由もなく、サー・マーヴィン・フェランドに言われるままに、見知らぬ人と縁もゆかりもない家で暮らすことなどあり得ないからです。そこで私はウィルソン夫人に事情を打ち明けました」

「夫人はあなたを信じたのですか？」

「信じるしかありません。疑うようなことは何ひとつなかったのですから。私は夫人に結婚証書を見せました。最初はどう思ったかわかりませんが、私がサー・マーヴィン・フェランドの妻であると理解しました。夫人のほかに誰もそのことは知りません。彼女にとって、私はレディ・フェランドなのです。しかし彼女は、私と同様、サー・マーヴィン・フェランドがこれほどまでに人の道にはずれることができる人間とは思ってもいなかったようでした。ああ、バジル！　あんな人間の生きていることが、どうして許されるのですか？」

　そう言うと、フィリッパは耐えきれなくなって泣きくずれた。それまで、彼女の心はあの男に対する侮蔑と怒りにあふれていたのだが、今は深い悲しみが他の感情を押しやったように見えた。彼女はいつまでもむせび泣いていた。私は慰めの言葉をかけ、彼女の気持ちを鎮めようと努めた。ああ、私の言葉はなんと空しく響いたことか！　悲しみに沈んだフィリッパは私の腕にもたれかかった。しばらくのあいだ私たちは黙って歩いた。ようやく彼女は、もう少しで家に着くと言った。

「いいですか、フィリッパ」私は言った。「私はあなたと家に入り、あなたが一緒に住んでいる女性と会うことになります。私は兄だと言います。そして、妹の夫が恥知らずにも彼女を虐待していることを知ったので、妹の了解のもとに連れて帰るつもりだと告げます。その女性が私たちの関係を信じようと信じまいと、そんなことはどうでもいい。その女性も、明日あの男が来ることは知っているはずです。あなたを冷たく見棄てたのだから、男と会いたくないと言っても、彼女は別に驚きもしないでしょう」

私はそこで言葉を切った。フィリッパは私のもくろみに納得したかのようにうなずいた。

「明日」私はつづけた。「あのならず者がやって来て、私たちが息をしている空気を汚《けが》さないうちに、私はここへ来てあなたを連れ出すつもりです。朝早く、あなたの荷物を取りに使用人を寄こしましょう。ウィルソン夫人は、私と私の使用人に会うことになりますが、何の問題もありません。隠すことなど何もないのですから。あなたはどこへ行こうと自由です。誰も怖れることはありません。木曜日の朝、この町から立ち去ることにしましょう」

「はい」フィリッパは夢を見ているような声で答えた。「明日、ここを離れるのですね――私はもう一度あなたの家に行きます。でも、一人で行きます。日が暮れて誰にも気づかれないようになってから」

「昼のうちに私と一緒に堂々と家を出たほうがいいと思います。兄に連れ出される妹のようにして」

「いいえ、私のほうからあなたの家に行きます。心配しないで待っていてください、バジル。家を出る前にしておかなければならない何かがあるのです。明日しなければならない何かが、話しておくべき何かが、会っておくべき誰かが。それが何なのか、それが誰なのか、今は思い出すことができないのです」

フィリッパはゆっくりと額へ手を伸ばしてフードを少し後ろにずらし、冷たい空気がこめかみにあたるのを感じてホッと安堵の息をついた。かわいそうなフィリッパ！　その日に受けたショックのせいで、私のところへ来る前にしておくべき些細なことや、ちょっとした準備を思い出すことを彼女の心が拒絶している。充分に睡眠をとれば、私が気を配って彼女を守っていれば、いずれ彼女は失った記憶を呼び戻すだろう。

しかし、何度も思い直すよう促したにもかかわらず、私のところへ一人で来るという考えは頑として曲げなかった。私はそれをしぶしぶ認めざるを得なかった。いずれにしても、今夜ウィルソン夫人に会おうと心に決めていたので、到着するとフィリッパと一緒に家の中に入った。

私はフィリッパに、ウィルソン夫人と話し合う席にはいなくてもよいと言った。彼女はひどく疲れているようだったので、私の申し出を受け入れ、そのまま自分の部屋に行って眠ることになった。私は椅子に座ってウィルソン夫人を待った。彼女はすぐに現われた。

三十五歳くらいの女性で、質素だが上品な服を身につけている。私は探るように彼女を見つめた。ありふれた美人ではないが、若い頃はかなり美しい娘だったに違いない。残念なことに、彼女の顔は鷹のような鋭さを合わせ持つものだったので、歳とともに痩せてきて尖ったいかつい顔になり、相手を威圧するような印象を与えるようになっていた。昔はどれほど魅力あふれる女性だったとしても、今ではその美しさを誇れるようなものはほとんど残っていなかった。

彼女の口のまわりと額には、辛い人生だったことを示す皺が何本も刻まれていた。それでも、運命とあきらめて、その苦しみをおとなしく受け入れていたなら、悲しげな顔立ちになったとしても美しさは残るものだ。ところが、押しつけられた運命に激しくあらがうと、それほどの年齢になっていないにもかかわらず、若々しさはすっかり影をひそめてしまうものなのだ。

夫人は部屋に入ってきて軽く会釈したが、見知らぬ来訪者がいるのにびっくりした様子だった。私は、夜遅く訪れたことを詫び、急いで訪問の目的を告げた。彼女は礼儀正しく黙って聞いていた。私は何度もレディ・フェランドは私の妹だと言ったが、夫人は何の反応も示さなかった。フィリッパが言っていたように、ウィルソン夫人は結婚が正当なものであることは信じているようだった。私は、サー・マーヴィン・フェランドが妻を追い出した冷たい仕打ちを口をきわめて罵った。私の話に耳を傾けていた夫人は肩をすくめた。その仕草は、夫婦間のいざこざは残念だが、そんなことには関心がないと言っていた。まったく興味がないように見えたものの、演技をしているのではないかという疑いが何度か私の頭をかすめた。

私はウィルソン夫人に、レディ・フェランドの意志で、彼女は明日から私の保護の下に暮らすことになると告げた。夫人はうなずいただけだった。私たちはイギリスを離れてしばらくはヨーロッパの国々を旅行するだろうと言うと、夫人は、環境が変われば妹さんの健康は快復するに違いない、と答えた。

「申し上げておいたほうがいいでしょう」夫人は初めて自分のほうから話しはじめた。「妹さんの健康状態は決してよくありません。昨日も一昨日も、妹さんの不幸な出産を診ていただいたお医者さまを呼ぼうとしました。この一週間、お医者さまは診察に来てくださらなかったのです。今日の午後、そのことを妹さんに言ったのですが、なぜか妹さんはそのお医者さまを嫌っているようで、お医者さまに診てもらうのは絶対に嫌だと言うのです。あなたに心配をかけようとして言っているのではありません——しかしこれだけは申し上げておきますが、お兄さんとして、あなたは妹さんを何とかしなければならないでしょう」

夫人が〝お兄さんとして〟という言葉を不自然に強調したのを耳にして、私は、彼女が演技をしているのは間違いないと思った。私たちが兄妹だなどとは、一瞬たりとも思っていないのだ。しかしそんなことはどうでもよかった。

「私も医者ですので、妹は私が診ます」私はそう言って立ち上がった。

「あなたは、サー・マーヴィン・フェランドの縁者の方なのですね、ミセス・ウィルソン?」

彼女は意味ありげな視線をすばやく私に送って寄こした。「私たちは関係者です」彼女はぶっきらぼうに言った。

「妹がそんな状態のときに、サー・マーヴィン・フェランドは自分の妻を追い出したのです。あなたは驚きませんでしたか?」

「私は、サー・マーヴィン・フェランドが何をしようと驚いたことはありません。あの人は私の生活が苦しいのを知って、二、三カ月のあいだ女性をひとり預かってほしいという手紙を寄こしたのです。でも、その女性があの人の奥さんだと知ったときには正直びっくりしました」

彼女が〝奥さん〟という言葉をことさら強く言ったので、彼女が意外に思ったことはフィリッパがあのならず者の妻だったという事実だけで、他のことにはまったく驚いていないと気づいた。ウィルソン夫人はサー・マーヴィン・フェランドのすべてを承知しているようだった。夫人とサー・マーヴィン・フェランドとの関係は調べれば簡単にわかるだろう。

私は、いとまを告げて家まで歩いて帰った。悲しみ、哀れみ、愛、憎しみ、喜び、そして希望さえもが、私の心の中で奇妙に入り組んで絡み合った。

第三章　〝罪の報い〟

朝だ！　もう本はいらない。今日からは鬱々と無駄な時間を過ごす暇などない。しなければならないことも、考えなければならないことも限りなくある。あらゆる準備をしなければならない。不機嫌にふさぎこんで暮らす生活は終わりだ。目的もないひとりよがりの自分から抜け出し、これからは生きる価値のあることをする――いざとなったら死を覚悟してでも！　悲しみに沈んだフィリッパは、今日、兄を頼る妹として私のところへ来るだろう。いよいよだ！　さんざん待たされて疲れ果ててしまったが、私は今日フィリッパと会う――明日も――そして毎日！　私の献身、忠誠、崇拝、尊敬によってフィリッパの瞳に女王の輝きが戻るなら、いずれは彼女の頬も赤く染まり、口元にも明るい微笑みが戻り、黒い瞳はふたたび幸せの光を放つようになるだろう。そしてそれから――そしてそれから！　世間に嘲られようが気にする必要などない。私の責任でやっていることに他人からとやかく言われる筋合いもない。そしてそれから――私は彼女の耳元でささやくだろう――「愛するフィリッパ、私たちは夢を見ていたのだ。過去は忘れて今日から幸せな生活をはじめよう」と。

フィリッパがこの粗末な家で過ごすのは一夜だけかもしれない。だが私は、彼女が心地よくいられるようにあらゆる準備をするつもりだ。幸いなことに空いている部屋がひとつあり、家具も備わっている。隠遁生活をはじめるにあたって、わざわざ客用の部屋を用意したわけではない。家具つきの家をそっくり買っただけだったが、おかげで今夜、まずまずの部屋で来訪者を歓待することができる。

私は使用人のウィリアムを呼んだ。彼は何事にも動じない男だった。私は彼に言った——「妹がやって来て、今夜、ここに泊まることになる。しかし明日になったら、おそらく妹と私はここを立ち去るだろう。ウィリアムはここに残って、私が戻るか、私から指示があるまで、この家の面倒を見ているように」と。ウィリアムは別に驚いたふうもなかった。私に「妻と五人の子どもが来るので準備をしておくように」と言われたとしても、単にその日にこなす仕事のひとつと見なし、私の指示に応えようと最善を尽くすだろう。

彼は落ち着き払って、いつものように、フィリッパが過ごすことになる部屋を手際よく整えた。それが終わると、放置されていた部屋は暖められ、見るからに心地よさそうになった。私はウィリアムに、どこかで馬と荷馬車を借り、ウィルソン夫人の家から妹の持ち物を運んでくるようにと言った。その際、こちらの名前は告げず、荷物を取りに来ただけだと言い、ファーマー夫人から伝言を預かっていないか訊いてくるよう言いつけた。

それから私は、私の愛する人が過ごす部屋に座って、彼女がこの屋根の下に来ることになった不可解で痛ましい状況に思いをめぐらせた。私は、この部屋のつつましい飾りつけが、女王のようなフィリッパにふさわしいものに変わる魔法の杖はないだろうかと思った。彼女が花を心から愛していたのを思い出し、フィリッパがくつろぐこの部屋をせめて美しい花で飾りたかった。ああ、この数カ月、私は花を愛でることもなかったのだ！

私はサー・マーヴィン・フェランドの手紙を取り出して何度も読み返し、その書き手を心の中で罵った。

ウイリアムは二時間ほど出かけていたが、やがて箱をいくつかたずさえて戻ってきた。確かな証拠を目にして嬉しさが込み上げてきた。フィリッパは約束を守るつもりでいる。そのときまで、彼女が来ないのではないかと心配でならなかった。フィリッパは冷静になって考え直し、気持ちが高揚していたためそんな決心をしたのだと、ぎりぎりになってこの家に来るのを取り消すかもしれない。そんな不安を抱えていたのだが、彼女が来ることは間違いなさそうだ。

　にもかかわらず、ウイリアムはフィリッパからの伝言はないと言った。彼女が我が家に足を踏み入れるまで辛抱強く待つしかない。

　愛を込めた楽しい作業は終わったが、時間を無駄にはしなかった。今日中にしておくべき仕事がもうひとつ残っている。私は覚悟を決め、この仕事をどうしたら首尾よくやり遂げられるか、椅子に座って静かに考えをめぐらせた。その夜、私はサー・マーヴィン・フェランドという腹黒いならず者と一対一で対峙するつもりだった。

　列車の時刻表を調べた。手紙に到着時刻は記されていなかったが、今夜ここに来るつもりなら、当てはまる列車は一本だけだった。ローディング駅からフィリッパがいる家までの道も一本しかない。彼は手紙に、歩いて来ると書いていた。おそらく人目を避けるつもりなのだろう。列車はローディング駅に七時に到着する予定だ。厳しい寒さなので、当然、あの男は急ぎ足になるはずだ。ウィルソン夫人の家は駅から四マイルほどのところにある。列車が着かないうちに、ウィルソン夫人の家の前を通って駅へ向かうことにしよう。そうすれば一本道の中程で彼と出会うことになる。闇夜でもあの男だとわかるだろう。私は千人の群衆の中にいたって彼を見間違えることはない。サー・マーヴィン・フェランドは、いかにもわざとらしい明るい声でフィリッパを言いくるめようと企んで、ひとけのない道を歩いて来るだろう。見えすいた甘い言葉をかけ、金か何かで片をつけようと言い出すつもりかもしれない。だが、言われるままに彼の誠意と愛を信じてきたフィリッパが、二度とあの男と会うことはない。彼は、一人の男と出会うことになる——フィリッパへの不当な行為は自分への不当な行為以上のものと見なすと、彼女をひと目見たときから心に誓っている男と！　サー・マーヴィン・フェランドはその男に説明を求められることになるのだ。

私の心は憎悪と敵意でいっぱいだった——私はこの事実をありのままに記すつもりだ。この回想録にすべてのことを包み隠さず書き留める——私は誰にも誤解されたくないからだ。今の私は、フィリッパの復讐を自らの手でやり遂げようと心の底から望んでいる。状況によっては、この男の命を奪うことになるかもしれないが、そうなってもかまわない。とはいえ、無防備の男を不意打ちする気はない。あの男にいきなり襲いかかって殺すつもりもない。彼を路上で呼び止め、面と向かってこう言うつもりだ——「私はおまえがフィリッパにひどい仕打ちをしたことを知っている。彼女は私に助けを求めてきた。今は私が保護している。私は兄として妹を無慈悲に裏切った男に償いを求める。名誉を賭けた伝統的な方法によって」と。あの男は私をせせら笑うだろう。決闘など時代遅れだと私の要求をはねつけるだろう。そのときは、侮辱することで気位の高い彼の血が騒ぐかどうか試すつもりだ。頬に平手打ちを喰らわせ、私の望んだとおり行動するか見定める。もしこの試みが失敗し、海外にでも逃亡しようものなら、どこまでも追いかけ、公衆の面前で鞭打ち、唾を吐きかける。

すべてが法の下で裁かれる現代において、これはいささか無謀な試みかもしれない。しかし私が実行できる唯一の方法なのだ。あの悪党を重婚の罪で逮捕させるべきだと言う人もいるだろう。だが、重婚を認めた署名のない手紙のほかに、どんな証拠があるというのか？　そのために誰が動くのか？

――フィリッパなのか？――私なのか？　最初の妻が暮らしていた場所も、どこで死んだかも、私たちは知らないのだ。サー・マーヴィン・フェランドが法の裁きから逃れる方法はいくらでもある。だが、彼が刑罰を受けようと無罪放免になろうと、フィリッパの名を汚した不法行為は世に知らしめられ、彼女が受けた恥辱は公になってしまうだろう。許すことはできない。彼に対して取るべき手段はひとつだけで、それを実行できるのは一人しかいない。愛する女性へ加えられた不実に対し、昔ながらの手段で命を賭して復讐するかどうかは、私に任されている。

すでに述べたとおり、私には生きてなすべきことが山ほどある。

時間が過ぎていった。だがフィリッパは現われなかった。夕闇が道路を包みはじめると、私はしだいに不安になって落ち着かなくなり、薄暗くなって見えにくくなった道路にひっきりなしに目を向けた。短い冬の日も暮れ、暗く長い夜がはじまろうとしている。不安は徐々に恐怖へと変わっていった。私は家の外に出て庭を歩きまわった。フィリッパの希望を――いや、強い要求を――不本意ながらあっさり認めてしまったことを後悔していた。何としても彼女を迎えに行くべきだった。強い要求でなかったとしても、あのとき自分がフィリッパの希望を拒んでいたかどうかは疑わしかった。だが、今回だけは自分の言い分を貫くべきだったのだ！

昨夜の雪は長くはつづかず、あたり一面が真っ白になるほどではなかった。今日は朝から晴れ上がって寒さが厳しかった。ところが日没のあと風向きが変わり、気温が上がってきた。今夜はおそらく激しい雨か雪になるだろう。月が出ていて、時折、黒い雲がその前を横切っている。もうすぐ分厚い雲が夜空を覆い、すっかり月明かりを遮ってしまうだろうが、今はまだ月が現われたり隠れたりしている。

数分が過ぎた。苛立ちが募り、気持ちが昂《たかぶ》ってきた。フィリッパはどうして来ないのだ？ 私は、かわいそうな娘が無事にこの家に着くのを見届けてから、もうひとつの仕事に取りかかろうと思っていた。彼女はどうして来ないのだ？ 時間が――大切な時間が――どんどん過ぎていく！ 彼女に会えるのではないかと願いながら、私はしばらくのあいだ道路を行ったり来たりした。「どうして彼女は遅れているのだろう？」私はうめくように言った。ローディング駅へ向かうべき時刻になってしまった。早く出かけないと獲物を取り逃がしてしまうかもしれない。どうすればいいのだ！ 彼女はまたしてもあの男と会おうと家で待っているのだろうか？ それはない！ そんなはずはない！ そんなことがあるはずはない！

にもかかわらず、そう思っただけで体中の神経が震えた。

これ以上の不安に耐えることはできない！ 何度も何度も時計に目をやった。もう七時十分前になっている。ローディング駅へ向かってウィルソン夫人の家の前を通っている時刻だ。しかし私はすぐ出発しようとはしなかった。フィリッパはいつ来るかわからない。私が家にいて優しく迎え入れなかったら、彼女はどう思うだろう？

さらに貴重な五分が過ぎていった！ 私は怒りにまかせて足を踏み鳴らした。結局、予定していた半分のことしかできそうもない。フィリッパを温かくもてなすことはできても、サー・マーヴィン・フェランドと厳しく対峙することまでは無理のようだ。いや、そのどちらもできないかもしれない。今頃は列車がローディング駅へ近づいている。一時間もすればすべてが終わってしまう。あの男はフィリッパが家を出る前に彼女と会い、彼女を説き伏せるだろう。彼女は彼の言葉に耳を傾ける。あの男にしたって、かつてはフィリッパを愛していたではないか。間違いなく愛していた。そのために彼は法を犯してまで彼女を手に入れたのだ！　そして――なんということだ！――彼女も彼を愛するようになってしまった。フィリッパもやはり女だった！

　私は胸が張り裂けんばかりの苦痛を感じた。どんな危険が待ち受けていようとも、サー・マーヴィン・フェランドがフィリッパに会うことだけは阻止しなければならない。彼女はなぜ約束どおり来ないのだ？　家を出られないようにされ、来たくても来られないということはあるだろうか？　昨夜のウィルソン夫人は確かに無関心を装っていたが、私は彼女に疑いの目を向けた。七時になった。私は、フィリッパが住んでいる家までの時間を見積もった。ここからそこまで三マイルはある。あの男に復讐する計画はあきらめざるを得ないだろう。フィリッパを探し出すことが先だ。見つからないようなら、ウィルソン夫人の家に行って、家から出られないようにされているか確かめよう。もしそうなっていたら、力ずくでも彼女を連れ出さなければならない。

　ここまで考えたところでちょうど家に戻った。私はウィリアムを呼び出してこう言った――「私はこれから妹を迎えに一本道を歩いて行く。もしフィリッパに気がつかないですれ違ってしまったときには、私に代わって彼女を歓待し、私が留守にしている理由を説明するように」と。

「ランタンを持っていってください、旦那さま」ウィリアムは言った。「月は今にも隠れそうですし、道はひどくぬかるんでいますから」

「そんなかさばるものを持っていくのは無理だ」私は苛立って言った。

「小さいのがあります――これならいいでしょう――何もないよりはましです」ウィリアムは言った。

私は彼の気遣いに応え、ポケットにランタンを入れた。

　急ぎ足で昨夜フィリッパと別れた家へ向かい、三十分ほどで到着した。せわしなく呼び鈴を鳴らすと、メイドがドアを開けた。フィリッパの本名を知っているのは女主人だけで、その家ではファーマー夫人と名乗っていることを知っていたので、ファーマー夫人はいるかと訊いた。驚いたことにメイドは、彼女は少し前にひとり歩いて家を出たと答えた。朝のうちに荷物が運び出されたので、ファーマー夫人はもう戻らないだろうと思っているらしかった。

こう告げられた私は、急ぎ足で歩いたことを悔やんだ。どうやらフィリッパを見逃してしまったようだ。路上で彼女とすれ違ったことに気がつかなかったのだろう。いや、それはあり得ない。道幅は狭く、まだ月明りもあったのだから、彼女に出会ったなら間違いなく気づいたはずだ。彼女も私の姿を見かけたら、必ず呼び止めただろう。ということは、彼女は私が歩いてきた道をこちらに向かっては来なかったのだ。

フィリッパはいったいどこへ行ってしまったのだろう？　どの方角を探せばいいのだ？　冷静に考えなければならない――信じたくはないが、彼女はローディング駅へ向かって進んだと判断せざるを得ない。他には考えられない。私が駅に向かうつもりだったのに、フィリッパ自身がサー・マーヴィン・フェランドに会いに行ったのだ。私のところに来るつもりで家を出たのかもしれない。だが最後の瞬間、あの男ともう一度会いたくなった――きっとフィリッパは彼に非難の言葉を浴びせたくなったのだ――と私は思い込もうとした。いずれにしても、フィリッパがあの男に会いに行ったのは間違いない。私が迎えに行くのを彼女が拒んだときに、私の家に来る前にしておかなければならない何かがあると言っていたことを思い出し、私はすっかり気落ちしてしまった。いま気づいたように、それはただひとつのことを意味している――あの男に会いに行ったということを！

何としても、フィリッパが二度とあの男の声を耳にしないようにしなければ！　二人の目がふたたび合わないようにしなければ！　彼の指がまたフィリッパに触れ、彼女を汚《けが》さないようにしなければ！　私は彼女を追いかけ、あのならず者とのあいだに割って入らなければならない。二人が出会ったなら、あの男はフィリッパの心を容赦なく踏みにじるだろう。そのうち彼女のプライドが頭をもたげ、逆に彼を責め立てる。そうなると、あの卑劣漢は手のひらを返したように下手に出るだろう。彼女に哀願し、今でも愛していると言って、うまい話で彼女をたぶらかそうとする。彼女はその言葉に耳を傾け、ためらいながらもそれを受け入れる。またしてもあの男にだまされてしまう。そしてフィリッパは、私の前から永遠に消えるだろう。今、私の目に映る彼女は、私たちが初めて出会ったときのように純真だった。私は大急ぎで彼女を追い越してあの裏切り者と対決し、場合によっては彼を地面に叩きつけなければならない。

ふと気がつくと、ウィルソン夫人の家を通り過ぎたあと、天気が急変していた。これからどうしようかと思いあぐねている二、三分のあいだでさえ、分厚い雲がみるみる盛り上がって空を覆っていき、真っ暗になった。あまりにも暗いので、私は立ち止まり、ウィリアムが先を見越して持たせてくれたランタンをポケットから取り出し、何度か試みて火を灯した。私は時間を取ってしまったことに焦りを感じ、早足になった。

風がほとんど真正面から吹きつけてくる。突然、雪がどっと顔に降りかかって目がくらんだ。道路の両側にある立木の裸の枝のあいだを風がゴオーッという音を立てて吹き抜けた。雪があちこちで狂ったように渦巻いている。イギリスでこんなに激しい吹雪を見たことはなかったし、こんなに急に襲われたこともなかった。動転していたが、私はこの事実だけは思い起こさずにいられなかった。私と同じようにフィリッパも外で猛吹雪の脅威にさらされている。どうしよう！　彼女は道に迷い、一晩中さまよい歩くかもしれない。

私は恐怖にかられて歩を速め、荒れ狂う嵐の中をがむしゃらに進んだ。しばらくのあいだ、サー・マーヴィン・フェランドのことも復讐のことも私の頭から消えていた。今しなければならないのは、フィリッパを見つけ出して連れ帰り、私の家で安全に過ごせるようにすることだ。「とにかく」私は吹雪と闘いながら言った。「フィリッパはそれほど遠くに行っているはずはない」

私は細心の注意を払って進んだ。といっても、渦を巻いて降りかかる雪で二、三フィート先はまったく見えなかった。どんなに低い呼び声も、どんなに小さな物音も聞き逃すまいと耳をすまし、ランタンで道路の両側を交互に照らしながら歩きつづけた。私の不安は、フィリッパが吹雪の中で力尽き、土手でうずくまっていることだった。彼女に気づかず、彼女から気づかれることもなく、通り過ぎてしまうかもしれない。こんな夜にそうなってしまったら、彼女を死に追いやってしまう。

ああ、どうして彼女は約束どおり来なかったのだ？　あんなにひどい仕打ちを受けた男になぜ会いに行ったのだ？　こんな事態になったのだから、フィリッパはあの男を愛せるはずはないし、あえて愛そうとすることもないはずだ。私は自分の気持ちを鎮めようと、昨夜の彼女の言葉を思い出そうとした。「バジル、あなたは今まで人を憎んだことはありますか？」と私に向かって憎々しげに言っていたではないか。そうだ、あの男を愛することなどあり得ない！

こう思うと、何としてでも復讐するという気持ちが甦ってきた。サー・マーヴィン・フェランドはどこにいる？　出発に手間取った時間を計算に入れても、今頃はあの男に出会っていいはずだ。おそらく彼はこちらに向かわなかった。この天候に怖気《おじけ》づいて、今夜はローディング駅の近くで宿泊することにしたのだろう。怒りが込み上げてきた。フィリッパが家で無事にいることを確かめられさえしたら、猛吹雪の中、ひとけのない路上で、あの男と対決することほど今の私の気持ちに叶うものはない。フィリッパが無事でいてくれさえしたら！

依然として彼女の行方は知れなかった。心に迷いが生じてきた。気づかぬまま路上で彼女とすれ違ったという最初の考えが正しかったとしたら？　今頃フィリッパは私の身を案じながら我が家にいるかもしれない。このまま先に進むべきだろうか？　それとも引き返すべきだろうか？　だが、家に戻ってフィリッパがいなかったら、私の心はどうなってしまうだろう？

私は決心がつかず、道路の真ん中で立ち尽くした。血の巡りをよくしようと、無意識のうちに手のひらを打ち合わせていた。急いで家を出たため、これまで経験したことのない猛吹雪に耐えられるだけの準備をしてこなかった。急ぎ足で歩いているにもかかわらず、手足は痺れ、顔も寒さでひりひり痛んだ。神様、このまま進むべきか、家に戻るべきか、お示しください！

神の言葉を待っている暇はなかった。突然すぐ近くで、狂ったような叫び声が――悲鳴のような高笑いが――聞こえ、血の凍る思いがした。渦巻きながら吹きすさぶ雪の中から、いきなり背の高い灰色の姿が現われ、風のようにすれ違った。そのとき私は、捜索が終わったことを知った――フィリッパだったのだ！

仰天してその場に立ちすくんでいると、彼女はあっというまに消えてしまった。私は身体の向きを変え、「フィリッパ！　フィリッパ！」と叫びながら、全速力で追いかけた。

すぐ彼女に追いついたが、あまりにも暗かったので、幽霊のようにぼんやり浮かぶ彼女にあやうくぶつかるところだった。私は両手をフィリッパの身体にまわしてしっかりとつかまえた。彼女は激しくもがいた。

「愛するフィリッパ！　私です、バジルです」私は身体を折って彼女の耳元でささやいた。

私の声で彼女は落ち着きを取り戻したように見えた――あるいは、もがくのをやめただけかもしれなかったが。

「見つかって、ほんとによかった！」私は言った。「さあ、急いで家に戻りましょう」

「戻るですって！　駄目です！　もっと、もっと先に！」彼女は叫んだ。「もっと、もっと、この道をもっと先に行ってください――風に飛ばされようと、雪が吹きつけようと――私が残してきたものを自分の目で見届けるまで！　罪の報いを確かめるまで――罪の報いを！」

機関銃のように言葉が次から次に飛び出てきた。夜の闇を通して、彼女の顔がフードに積もった雪よりも白く光っている。言いようのない恐怖に襲われた、うつろで黒い大きな目だ。

「フィリッパ、落ち着いて」私はそう言って彼女の手を必死でさぐった。

右手をつかもうとすると、何かが彼女の手から落ちた。道はすでに雪で覆われていたが、地面に金属のぶつかる音がした。私は反射的に身をかがめ、落ちたものを拾い上げた。

その瞬間、フィリッパは鋭い叫び声をあげ、抑えつけている私の痺れた手を振りほどき、身体をねじって、「罪の報い！」と狂ったように繰り返しながら闇夜に消えて行った。

彼女を追って暗闇を突き進みながらも、痺れた手が地面から拾い上げたものが何であるかを感じ取り、背筋が寒くなった。小型のピストルだったのだ！　それは冷たい金属の感触だったが、燃えている石炭のように熱く感じられた。衝動にかられ、何の考えもなく、走りながらピストルを遠くへ放り投げた。どうして今夜、フィリッパは銃を手にしていたのだろう？

私は無我夢中で走ったが、長くはつづかなかった。石につまずき、息を切らせ、気を失いかけながら地面に倒れ込んだ。自分を取り戻してもう一度立ち上がるまでに数分かかった。気が触れたように疾走するフィリッパを考えると、追いつくことはできそうもない。

さらに私は、抑えきれない不思議な衝動にたじろいだ。殺傷能力を持つ武器の熱い感触がいまだに手に残っている。耳の奥では、まだフィリッパの言葉が響いている。「もっと、もっと、この道をもっと先に行ってください！」と彼女は叫んでいた。どういうことなのだろう？　彼女は今夜、何をしたというのか？

いま来た道を引き返さなければならない。それが何であるか確かめなければ！　私の目で！　フィリッパは凍え死にしそうな寒さの暗闇を矢のように走っている。だが、なんといっても女性なのだ。すぐに疲れ果て、気を失って道路に倒れ込んでしまうに違いない。とはいえ今は、私の心の中で膨らんでいくこの不安を封じ込め、どんな代償を払ってでも、何があったのか知らなければならない。それから彼女の捜索を再開する。

私はまわれ右をして、吹きつける雪をまともに受けながら前進した。こんな嵐の中では何があってもおかしくないのだ！　私はランタンで道路の中央と両端を照らしながら歩きつづけた。フィリッパが私のそばをすばやく通り過ぎた地点の少し先までたどり着いた。いきなり私は恐怖の叫び声をあげて立ちすくんだ。足元に、ランタンの丸い光に照らされて白い塊りがあった。それに目をやった私は、フィリッパの鋭い叫び声の意味を悟った――「罪の報い！　罪の報い！」という意味を。

第四章　とにかく眠ってくれ！

死んでいる！　私は男のそばに膝をつき、コートのボタンを外して胸に手を当てた。そうする前から男が死んでいることはわかっていた。男の青白い顔にランタンをかざした。男が誰なのかもわかっていた。サー・マーヴィン・フェランドだ。彼は自分が犯した罪を自分の命で償ったのだ！　専門知識を必要とするまでもなく、死因は容易に判断できた。至近距離から発射されたと思われる弾丸が心臓を貫いている。うめき声ひとつあげず倒れたに違いない。この男に裏切られた女性によって殺されたのだ。

男のこわばった顔にはまだ嘲笑《あざわら》うような表情が残っていた。発せられた言葉まで聞こえてきそうだ。それを口にしたとたん、悔悟や懺悔の時間も与えられず、いきなり死という罰が下された。そのときまで、男は元気でその場に立ち、彼を信じたあげく裏切られた女性を嘲っていたのだろう。が、次の瞬間、話し終わらないうちに、息絶えて彼女の足元に横たわり、雪の死装束《しにしょうぞく》に包まれていった。

これは復讐だった。一瞬のうちに死をもって贖《あがな》わせる復讐だった！　しかし、なぜ彼女はそんな罰を下したのだろう？　フィリッパは――かけがえのない私のフィリッパは――殺人者になってしまった。なんと恐ろしいことだ！　なんとおぞましいことだ！　きっと私は夢を見ているのだ。自分が復讐するという考えはすっかり消え失せていた。そのとき感じたのは、人生の盛りに命を絶たれた男に対する憐れみ、純粋な憐れみだけだった。男が生きているあいだは、命を賭して冷静に闘う機会を待ち望み、その情景を思い描いていたというのに、男が死んでしまった今では、もはや彼に憎しみを感じなくなっていた。死は神聖なものだ。男は死んだ！　サー・マーヴィン・フェランドは死んだ！　フィリッパに殺されたのだ！

そんなはずはない！　そんなことがあるはずがない！　しかし私は「バジル、あなたは人を憎んだことはありますか？」というフィリッパの言葉に込められた激しい感情を思い出して身を震わせた。彼女が取り落としたピストルを――まさにこの恐ろしい所業をなした凶器を――自分が放り投げたことを思い起こし、悲痛な思いで低く叫んだ。

フィリッパが殺したのだ！　いきなり襲ってきたどうしようもない激情に駆られて殺したのではない。最初から殺意をいだき、銃を持ってサー・マーヴィン・フェランドに会いに行った。男の心臓を撃ち抜き、倒れるところを見ていたはずだ。そして――そして初めて、自分がなした恐ろしい行為に気づいた。それから身体の向きを変え、狂ったようにその場を走り去った。ああ、かわいそうなフィリッパ！　私のフィリッパ！

悲痛な思いにとらわれて立ち上がり、しばらく死体のそばにたたずんでいた。そのとき、この行為をなした女性を、自分がどれほど心から愛しているかを悟った。悲しみと恐ろしさを超えて、私の愛は頂点に達した。どんな犠牲を払ってでも、フィリッパを司法の裁きから――今この時、か細い身体で立ち向かっている猛吹雪から――救い出さなければならない。昨日私を訪ねてきたときに、男から受けた仕打ちについて話した様子、私の手を振りきって走り去った様子、数分前に半狂乱で闇夜に消えていった様子、彼女が受けた心の傷――男を血で染める原因となった心の傷――を思い起こし、今のフィリッパと、初めて出会って愛するようになったときのフィリッパを思い合わせ、サー・マーヴィン・フェランドに対して芽生えてきた憐れみの情がしだいに薄れていくのを感じた。足元の遺体に対する感情はつれなく冷ややかなものとなり、フィリッパの恐ろしい行為は、憂うべきことではあるが、古くからある報復律の〝目には目を〟に基づいた正当な行為に思えてきた。何があろうとフィリッパは私の愛する女性だ。犯した罪によってもたらされる災いから彼女を――たとえ私が告発されるようなことになろうと――救い出す、と私は神に誓った。どうか私に神のご加護を！

だが、遺体を道の脇に運び、生け垣のある低い土手の下に置いたのは、法の裁きから逃れようとしたからではない。死に対する畏敬の念からそうしたのだ。最初の通行人がつまずいてしまうかもしれない道の真ん中に、哀れな悪党の遺体を放置してはおけなかった。明日になれば、発見されて大騒ぎになるに決まっている。明日フィリッパは、私のフィリッパは――逮捕されてしまう！　いや、そうはさせない！　絶対にそうはさせない！

私は厳粛な面持ちで人通りのない道の脇にサー・マーヴィン・フェランドの遺体を移した。うつろな目も閉じてやり、本人のハンカチで顔を覆った。それから、一生味わうことがないと思えるほどの恐怖と苦悶を胸にいだきながら、かわいそうなフィリッパの捜索に取りかかった。

どこを探せばいいのだ？　悔恨にさいなまれた彼女が何をするかわからないではないか？　恐怖に駆られた彼女がどこへ行くかもわからないではないか？　路上で息絶えたフィリッパを発見することになってしまうかもしれない！　一人の男が耐えきれないほどの苦悩を、私は一晩のうちに嫌というほど味わったというのに！　私は歯を食いしばって走りつづけた。

道には私ひとりしかいなかった。こんな空模様なので外には誰も出ていない。もともと人通りの少ないこんな場所では、どんな天気だろうと、夜になるとほとんど人影はなかった。私はまっすぐ自宅へ向かった。フィリッパがこの道をこのまま進まなかったとしたら、まず見つからないだろうと思うと、私は暗澹たる気持ちになった。もしこの道を右か左にそれてしまったら、こんな夜に彼女を探し出すどんな方法があるというのか？　私はフィリッパが私の家にまっすぐ向かったことをただひたすら祈り、必死で我が家への道を急いだ。もしフィリッパが家に着いていなかったら、どんな助けを借りてでも、道の両側に広がる野原を探しまわらなければならない。せめてもの救いは、池にも、どの水溜まりにも、六インチほどの氷が厚く張りつめていることだった。

フィリッパが暮らしていた家の前に差しかかり、一瞬、心が迷った。彼女が帰っているか尋ねたほうがいいだろうか？　いや、やめたほうがいい。朝になって、前夜起こった恐ろしい事件が明るみになったら、そんな行為は疑いを招くことになる。まっすぐ自宅に戻ろう。

やっと家に着いた！　私はすぐに、最悪の事態になっていることを知らされるかもしれない。まだ点灯しているランタンの蓋を開け、玄関に通じる小道を照らした。ありがたい！　気持ちがパッと明るくなった。降り積もる雪に埋もれていない小さな足跡があった。フィリッパは、私が神に祈ったとおり――内心ではほとんど期待はしていなかったのだが――まっすぐ私の家に向かったのだろう。

ウィリアムがドアを開けてくれた。足跡を目にしていてよかった。フィリッパが到着しているのを事前に知っていたおかげで、自然に振る舞うことができたからだ。

「妹は来ているか？」私は訊いた。

「はい、旦那さま。十五分ほど前にお見えになりました」

「道で行き違ってしまったようだ。まったくひどい天気だ！」私は雪の降りかかったコートを脱ぎながら言った。

「妹は今どこにいる？」

「居間にいらっしゃいます」それから、ウィリアムは声をひそめて言い添えた。「旦那さまがお留守でしたので、ご機嫌を損なわれたようです。なかなか気むずかしい方なのですね」

ウィリアムは、いつもは出しゃばらない男なのだが、時折、自分の意見をはっきり言うことがあった。

私は彼の言葉にギクッとしたが、笑顔で応じ、ドアノブをまわしてフィリッパが休んでいる部屋に入った。

心臓がドキドキする！　フィリッパは私に何と言うだろう？　恐ろしい現場から戻ったばかりの私は、彼女にどう言えばいいのだろう？　フィリッパは弁解しようとするだろうか？　それともあっさり罪を認め、自分は正当だったと平然と言い張るだろうか？　ひどい仕打ちを受けたことを理由に情状酌量を求めるだろうか？　抑えきれない怒りに駆られて、とっさにやったことだと主張するだろうか？　どう言おうと、フィリッパがフィリッパであることに変わりはない。命と名誉を賭けてでも、私は彼女に救いの手を差し伸べるつもりだ。

部屋に入ろうとすると全身に震えが走った。記憶が鮮やかに甦ってきた――立ち去ろうとしたときに目にした青白い顔、地面に横たわる硬直した身体、まわりにしんしんと降り積もる純白の雪。

フィリッパは暖炉の前に座っていた。帽子は脱いでいて、乱れた黒髪にかかった雪が解けて濡れ光っている。私が部屋に入ってドアを閉める音は聞こえたはずなのだが、気づいた素振りは見せなかった。近づくと、不機嫌そうに肩を動かして私を避けようとした。その仕草は明らかに不満を表わしている。私はフィリッパのそばに立ち、彼女が顔を上げて話しはじめるのを待った。フィリッパが話の口火を切るべきだ！　今夜、あんなことがあったというのに、私が先に何を言えるというのか？だが、フィリッパは石のように押し黙っていた——いまだに目を合わせようとしない。耐えきれずに私は彼女の名を呼び、腰をかがめて彼女の顔を覗き込んだ。

むっつりと怒ったような表情をしていたが、私の声を聞いてますます怒りを募らせたようだ。小馬鹿にしたような仕草で手を振り、私を追い払おうとした。

「フィリッパ」私は努めてきつい声で言った。「話してくれませんか！」

私がフィリッパの腕に手を置くと、彼女はその手を激しく振り払って立ち上がった。

「話してくれですって！」彼女は言った。「こんな目に遭わせておいて！　ひどい！　ひどすぎる！ほんとにひどいわ！　吹雪の中をやって来たのよ——兄として迎えてくれると言うから！　どこにいたの？　外に出ているって、あのいけすかない使用人が言ったわ。どうして出かけてなんかいたの？信じていたのに！　なんて優しいお兄さんだこと！　私のことを気にかけて大事に思っていたら、家にいて私を迎え入れてくれたはずだわ。違うかしら？　みんなでグルになって——みんなでグルになって、私を破滅させようとしているのよ！　こんなところに来てしまって、私はどうなってしまうの？　きっと毒を盛られるのね！　私を殺して厄介払いする気なんだわ。あの医者が、私のかわいそうな赤ちゃんを殺して厄介払いしたように！　あの医者がしたのよ！　間違いないわ！　私は見たんだから！　〝恥さらしの子〟と言って、赤ちゃんを殺したのよ！　誰も彼も——信じていたあなたまで——グルになっているのね！」

フィリッパは興奮のあまり全身を震わせていた。次々に言葉がほとばしり出てくる。私はそれについていくだけで精一杯だった。ここに記した彼女の言葉は、なんとか要点をとらえて書き留めたものだ。フィリッパはとりとめもなく叱責と非難の言葉を浴びせかけてきたが、その多くは私にとって気にすることのない荒唐無稽なものばかりだった。ようやく彼女は口を閉ざし、さっきまでの不機嫌で不満げな態度に戻って座り直した。不当に扱われたと言わんばかりの顔をしている。

だが私には――誰よりも彼女を愛している私には――厳しく糾弾されているにもかかわらず、彼女の言葉は実に心地よく感じられた。私は大きな喜びに満たされた。安堵の波が押し寄せ、幸せと言えるほどの気持ちになった。今夜、かわいそうなフィリッパがどのような恐ろしい行為に及んだとしても、彼女に道義的な罪はない。フィリッパは自分の行為に責任はないのだ！

医師として、私はすぐに真実をつかんだ。とめどなく流れ出る言葉、極端な気分の浮き沈み、激しい興奮、不機嫌な態度、根拠のない疑念――そうしたことすべてがひとつの確信につながり、何が問題なのか私に告げた。昨日ウィルソン夫人が言ったこともそれを裏づけている。フィリッパの健康状態は医者に診てもらう必要がある、と警告していたではないか！

読者のなかに同業者がいたら、私の言うことが理解できるだろう。診療をやめてからかなり経つとはいえ、医者としての私は、このような確信に至った理由を、この段階で詳しく記しておきたいという衝動に駆られる。内科医であれ外科医であれ、およそ医者というのは、自分が知った稀有な症例について正確に記録することを、自分の責務であると思うとともに喜びも感じるものなのだ。しかし私は、この回想録を科学の発展に寄与しようとして書いているわけでもないし、医学上の報告として意味があると思っているわけでもない。ここは自分を抑えて、医学的な所見を述べることはできるだけ簡潔に済ませよう。

要するに、フィリッパはそのとき、産後によく見られる躁病を患っていたのだ。この謎に包まれた恐ろしい病気は、すべてが順調で、喜びに満ちあふれる家庭を悲しみの底に突き落としてしまう。間違いなく言えるのは、この病気の研究は今でもあまり進んでいないし、その原因も正しく解明されていないということだ。私が知るかぎり、この病気についての本格的な研究論文はいまだに書かれていないし、少なくともその時点で発表されたものはなかった。

だが、狂気を伴うこの種の病は、精神的に深刻なショックを受けたときに――とりわけそのショックに耐えがたいほどの恥辱の意識を伴ったときに――発症することが多いのは、かなりの専門家が認めている。統計上も、未婚の女性が母親となり、そのような境遇に落ちた恥辱を痛切に感じると、この不可解な病に罹りやすいことがわかっている。この事実に最初に着目したのは確かエスキロールで、その後、彼の学説の正しさが多くの専門家によって裏づけられている。

前日の朝、目覚めてすぐに、サー・マーヴィン・フェランドとの結婚が偽りであったことを知らされたフィリッパが、この病にきわめて罹りやすい状態に陥《おちい》ったとしても不思議ではない。昨夜、私に助けを求めようと不用意に冬の寒空に飛び出したことも、おそらく発症を早める要因となったのだろう。ウィルソン夫人はフィリッパの様子がおかしいことに気づいていた。私自身も、冷静だった彼女がいきなり興奮するのを何度も目にしている。昨夜私のところへ来たとき、すでに病の兆候が現れていたのは明らかだ。あのときそれを見抜けなかったとは実に情けない。おかしいと気づくべきだった。彼女の興奮状態を考えれば、警戒して適切な処置を講じるべきだった。今となってはその意味はあまりにも明らかなのだが、発作的に変わる彼女の気分を、情熱的だが純真な女性が、裏切られ辱《はずかし》められたことを知ったときに示す自然な反応だと思ってしまった。あのとき私が、本当の原因を探り当てていたら――彼女の悲しみがどのように彼女に作用したかを推し測ってさえいたら――あの夜の悲惨な行為はなされなかったかもしれないのだ！

あらゆる点から見て、私たちを取り巻く困難や危険が大きくなったのは間違いないが、真実がわかったことは言い表わせないほどの安堵を私にもたらした。分別のある人間なら、かわいそうなフィリッパに罪があると言う者はいないだろう。あの男の血によって彼女の手が汚されたのは確かだ。しかし彼女は、自分が何をしているか判断できない状態だった。そのときの彼女は錯乱状態が頂点に達していたのだろう。あの夜、サー・マーヴィン・フェランドが来るということが、なぜか急に頭に浮かび、どうしても会いたいという気持ちに駆り立てられて駅へ向かったのだ。

ひどい仕打ちを受け、男に恐怖を感じていたせいで、彼女は武器を持って行ったのだろう。たぶん護身用として携帯したのだ。いずれにしても、家を出たときからフィリッパは狂っていた。引き金を引いたときも、私の手を振りきったときも、狂っていた。そして今、暖炉の前に座り、不機嫌に疑いの視線を私に向けている彼女も狂っている。フィリッパは狂っている――しかし彼女に罪はない！

私に対する彼女の態度はまったくと言っていいほど気にならなかった。身近にいるいちばん親しみを感じる人間に憎しみの感情をぶつけるのが、この病の特異な症状であることはよく知られている。急にふさぎ込んで口を開くのを頑なに拒んだかと思うと、いきなり激しく罵りはじめるのも、この病気によく見られる症状だった。患者に生じるあまりの変化に唖然とし、哀れみの情さえ湧いてくることもあるが、病そのものは外見の症状ほど深刻なものではない。事実、この病気の多くは、完全に治癒している。

医学的な話はこれくらいにしよう。繰り返すが、フィリッパの精神状態がわかったことで、私はすっかり安心した。心にのしかかっていた重圧が消えていった。あらゆる手を尽くして事に当たろうと覚悟を決め、私が最善と思える手段ならどんなことをしようと正当化されると感じていた。それだけではない。フィリッパと私のあいだには新しい関係が生じていた。しばらくはただひとつの感情を除いて、すべての感情は排除されなければならない。私とフィリッパは、今では医者と患者の関係にある。

何度も説得し、ようやく彼女の脈をとる了解が得られた。予想したとおり、百二十近くまで上がっている。これ自体は心配するほどのことではない。診療していた頃も何度かこんな症例を見ていた。当面の処置はしごく単純なもので、とにかく睡眠をとらせることだ。

幸い、薬の蓄えは充分だった。ただちに、投与してもよいぎりぎりの量のアヘンを用意した。今回のような症状の場合、少量の投与では効き目がないことがわかっている。小瓶に六十滴ほどアヘンチンキを垂らした。

フィリッパは睡眠をとらなければならない。興奮しきっている頭を何時間か人為的な手段で否応なく休ませる必要がある。充分休ませたあとで、患者の命を救うことができるか、正気を取り戻させることができるか、ようやく私は判断できるようになるだろう。

しかし薬を用意することと、こんな状態の患者に薬を与えられるかはまったく別の問題だ。私はいろいろ工夫を凝らし、あらゆる言葉で説得しようとした。懇願したり、命令したり、脅したり、すかしたりしたが、フィリッパは頑なに拒絶した。かわいそうなフィリッパ！ フィリッパは私が毒を盛ろうとしていると思い込んでいる。私にわかっているのは、今この睡眠薬を飲まなければ、病状の回復は絶望的になるということだった。

説得を中断し、ぬるま湯を持ってこさせた。フィリッパはひとしきり抵抗したあと、脈打つこめかみをぬるま湯に浸した布で拭うことを許してくれた。この処置によってもたらされた爽快感が心地よかったらしく、フィリッパはこの処置を何度も繰り返すよう求めた。美しい顔に満足そうな優しい表情が戻ってきた。

私はその機会をとらえ、もう一度薬を飲むよう促した。今度はうまくいった。薬を飲み干す彼女の姿を目にして、私の心は喜びに打ち震えた。これでフィリッパを救えるかもしれない！

しばらく彼女のこめかみを優しく拭うことをつづけ、薬の効き目が現われるのを待った。しだいにその時が近づいてきた。大きな黒い目が閉じられ、疲れきった頭が私の肩に重くもたれかかってきた。フィリッパは苦悩から解き放たれた安らかな眠りへ誘《いざな》われていった。

私は彼女の眠りが死者の眠りのように深くなるのを待った。それから使用人を呼んだ。すでにウィリアムには、妹はとても具合が悪いと伝えてあった。二人で、フィリッパを彼女のために用意した部屋まで運び、ベッドに横たえた。彼女の服をゆるめ、冷たい足から濡れたブーツを脱がせ、彼女が暖かな部屋で心地よく過ごせるようにできるかぎりのことをした。私はぐっすり眠っているフィリッパを残して部屋を出た――彼女の眠りが何時間も途切れずにつづいてくれるよう祈りながら。

第五章　白い墓

フィリッパの精神状態を正しくつかんだときから、深い眠りについた彼女のそばを離れるときまで、彼女の命を救うだけでなく、正気を取り戻させる最善の方法は何か、私はひたすら考えつづけた。この目的を果たすための処置をしているあいだ、三マイルほど先の路傍に横たわる、おぞましい死体の記憶が甦り、私は漠然とした恐怖を感じていた。だが、フィリッパが置かれた恐ろしい状況の全体像がはっきり見えてきたのは、患者の部屋から出たときだった。私は半ば失意のうちに、疲れきった身体を椅子に投げ出し、両手で顔を覆った。

どうしたらいいのだ？　どうすべきなのだ？　明日の朝、死体は発見されるだろう。捜査がはじまれば、すぐにフィリッパが疑われることになる。ウィルソン夫人は、フィリッパが夕方ひとり歩いて家を出たことを知っている。さらにはサー・マーヴィン・フェランドがフィリッパの夫であり、彼女にひどい仕打ちをしたことも知っている。フィリッパが誰のところへ逃げていったかも当然わかっているだろう。私が近所の住人を知らないからといって、彼らが私のことを何も知らないということにはならない。いずれ、使用人のウィリアムも真実を察するだろう。どうみても明日には、遅くとも明後日には、フィリッパは殺人の罪で逮捕される。きっと私も一緒に捕らえられるだろう。私が逮捕されること自体はかまわないが、そのせいでかわいそうなフィリッパを助けられなくなるおそれがある。

フィリッパを数日、あるいは数週間、どこかへ行かせる――はっきり言ってしまえば逃亡させる――ことができるかというと、それは無理だろう。今回の症例では、どんなに順調に快復したとしても、少なくとも二週間か三週間は家に閉じこもり、静かに過ごす必要がある。フィリッパが殺人犯として捕らえられて治安判事の前に引き出され、恐ろしい罪について責め立てられるかと思うと、私は胸が締めつけられる思いがした。そんなことになったら、その日から死が訪れる日まで、彼女は正気を失ったままでいるに違いない。

しかし、私に何ができるというのか？　殺人が発覚し、サー・マーヴィン・フェランドが心臓を撃ち抜かれて発見されたのをウィルソン夫人が知ったとたん、彼女はただちにレディ・フェランドがファーマー夫人という名で近くにいると警察に申し立てるだろう。捜索がはじまり、フィリッパは簡単に居所を突き止められてしまう。そしてそれから――そしてそれから！

フィリッパが命を取りとめて健康を快復したとしても、裁判で辱められることになるのだ！　陪審員が彼女を有罪とすることはできないし、そうなるはずもない。だが、フィリッパは、私の女王は被告人席に立ち、死刑を免れようと抗弁しなければならない。有罪になろうと無罪になろうと、フィリッパは殺人が彼女自身の犯行であることを認識する。男にもてあそばれたあげくに、その男を復讐した女だとイギリス中で噂されるのを知ることになる。あんまりだ！　やめてくれ！　断じてあってはならない。そんなことになるくらいなら、致死量のアヘンを投与して彼女を永遠に眠らせてしまったほうがいい。薬はまだ充分に残っている。

実に愚かだった！　どうしてあんな中途半端なことをしてしまったのだ？　彼女のために、なぜ死体を誰にも見つからないところに隠さなかったのだろう？　なぜ男のポケットを探って、凶悪な殺人犯が単に強奪するためにあの男を殺したと疑われるようにしなかったのだろう？　せめて男の身元を示す手紙や書類を破棄することを、なぜしなかったのだろう？　そうしていれば、男を特定することが難しくなり、おそらく数週間は身元を割り出すのが遅れたはずだ。そのあいだに彼女を救えたかもしれないのに。

どうして今それをしないのだ？　私は立ち上がったが、すぐに椅子にぐったりと身を沈めた。無理だ！　フィリッパのためとはいえ、あの現場に戻ることは私にはできそうもない。そんなことをしたら、今の彼女と同じように私も正気を失ってしまうだろう。

そんな恐ろしい隠蔽工作をすることなど、私にはどうしてもできない。今は成り行きに任せるしかない——彼女が半狂乱のうちに犯した行為を隠しおおせる方策などないのだから。

だが、彼女のために何かしなければならない。今は、男がふたり付き添っているだけだ。どうしたら狂乱状態にある彼女をずっとここに置いておけるだろう？　大急ぎで看護師に来てもらう必要がある。私はウィリアムを呼び、翌朝、一番列車でロンドンに行くよう言いつけた。

ウィリアムは、たとえ地球の裏側まで行ってくれと言われたとしても、平然と私の指示に従っただろう。彼は、この雪では明日ロンドンに着けるかどうかわからないと言っただけだった。私は窓際まで行って外の様子を眺めた。

荒れ狂う吹雪はまだ止んでいなかった。窓枠には積もれるだけの雪が積もって、窓が半ば隠れている。激しく舞う雪を見つめているうちに、いまごろ道端のあの死体は一インチほどの雪で覆われているだろうと思った——輪郭も曖昧になって、それが何であるかわからなくなっているに違いない。私は身震いしながら窓に背を向けた。

「ロンドンへ行く列車が止まってしまうことはないだろう」私は言った。「ローディング駅へ着いたら、ロンドンまで行けるはずだ」

「もちろんローディング駅までは行けるでしょう」ウィリアムは言った。

それから私は、ロンドンで何をするかウィリアムに伝えた。手紙を持ってどこかの看護師養成所を訪ね、看護師を二人連れてくること。ローディング駅に戻ったら、どんな天気であってもすぐに家へ向かうこと。たとえ馬車を引くのに二十頭の馬が必要になったとしても、ただちにそれをそろえて出発すること。必要と思われる薬もいくつか調達してくること。

ウィリアムは何も言わずにうなずいて、了解したことを態度で示した。私が指示したことが実現できるようなら、必ず彼はそれをやり遂げるだろう。

それからウィリアムは、気を利かせて食べ物を持ってきてくれた。私はそれを口にした。これからの一日か二日、不安な生活に耐えるためには体力を蓄えておかなければならない。

私は一晩じゅう起きていた。なんと辛い夜だったことか！　果たしてその夜のことを忘れるときがくるだろうか？　孤独だった。外は猛吹雪だった。三十分おきに、かわいそうなフィリッパのそばにそっと近づいた。大理石のように穏やかな顔で横たわっている。黒く長いまつげが青白い頰に触れていた。動いているのは規則的に上下する胸だけだった。彼女は今、苦悩から解き放たれた安らかな眠りの世界にいる。目覚めが恐い！　そのときの私は、あれほど愛していたにもかかわらず、願いが叶えられるなら彼女のために、そのまぶたが永遠に開かないよう神に祈りたいくらいだった。

わびしい寝ずの番の夜が明けた。フィリッパはまだ眠っている。居間に戻って窓のカーテンを開けた。朝だ！――――鉛色をした冬空の朝だ。まだ雪がしんしんと降っていた。昨夜ほどではないにしても、十二時間絶え間なく降りつづいている。

風はほとんどなかった。一時間ほど前に止んでいた。見渡すかぎりの雪景色だ。しかし一様に積もっているわけではない。風のせいで、ところどころに吹き溜まりができている。雪の深さは我が家の庭の小道で数インチ、庭を囲む塀際で数フィートといったところだ。

ウィリアムが姿を現わした。自分の朝食を用意し、食べ終えてからローディング駅へ向かった。私はふと、道端に横たわっている例の死体を最初に見つけるのは、ウィリアムになるのではないかと思った。

駅に着くのが遅れて列車に間に合わなくならないかぎり、彼が見つけても何の支障もない。運を天に任せて静かに待つことにした。いずれ死体は誰かに発見される。どうしても看護師を連れてきてほしかったので、私はウィリアムにこう言った。

「いいか、これは人の命にかかわることだ。何があってもやり遂げてくれ」ウィリアムは任せてくれと言わんばかりに帽子のつばに手をかけてみせ、雪の中に踏み出していったのだった。

私は患者のベッドのそばに戻り、フィリッパを見守りながら目が覚めるのを待った。眠りについてもう十一時間近く経っている。いつ意識が戻ってもおかしくない。彼女が目覚めるのが待ち遠しかったが、同時に恐ろしくもあった。アヘンの効き目が消えたら、フィリッパはどうなるのだろう？　恐ろしい！　彼女の頭から奇妙な妄想が消えず、昨夜のように私に背をむけて嫌悪と怒りの感情を示す可能性がきわめて高いだろうと思っていた。しかし私がもっとも恐れていたのは、フィリッパが正気に戻ったとき――あるいは狂気のままで目覚めたとき――自分がした行為を認識することだった。この恐れがあったため、私は、アヘンの効き目によって彼女の眠りがさらに数時間つづくよう願った。

願いは叶えられた。私は何時間も、じっと横たわる彼女のそばに座っていた。眠っている美しい顔を見つめながら、時折、窓の外に目をやって雪が降るのを眺めた。私の使いは、ロンドンにたどり着けるだろうか？　到着したとしても、果たして戻ってこられるだろうか？　何としても女性の助けが必要なのだ。田舎で育った朴訥《ぼくとつ》な娘でもいい、フィリッパが目覚めたときにここにいてくれたら、どんなに心強いだろう。フィリッパはそろそろ目が覚めてもいい頃だ。

一分おきくらいに彼女の脈を測った。心配な兆候は見られなかったが、少々不安になってきた。アヘンの効き目でこんなに長く眠りつづけた患者は、これまで見たことがない。彼女が十六時間――夜の九時半から翌日の午後一時半まで――眠りつづけたと言ったら、おそらく誰にも信じてもらえないだろう。こうまで長い眠りは異常だと思いはじめた私は、目覚めさせる手段を講じようとした。

しかしそれには及ばなかった。フィリッパがベッドの中で身じろぎしたのだ。枕の上の頭がけだるそうに向きを変え、黒い目が開き、閉じ、また開いた。ぼんやりした目で私を見つめている。初めは私のことも、私がなぜそばにいるのかも、自分がどこにいるのかもわからないようだった。私は強い不安にとらわれ、フィリッパの上に身をかがめ、彼女が話しはじめるのを待った。

徐々にフィリッパの戸惑いが消えていくようだった。彼女の目が、もの問いたげに私の目を見つめた。「バジル」フィリッパは、驚いたような声で弱々しく言った。「あなたがいるなんて！　いったいここはどこなのですか？」

「私の家――きみのお兄さんの家です」

「ああ！　思い出したわ」彼女は深いため息をついて目を閉じた。また眠りに落ちたようだ。

何を思い出したのだろう？　何時間も深い眠りの世界にいたおかげで病が完全に癒えたと期待する

のは楽観的すぎるだろう。私の願いは、彼女が、サー・マーヴィン・フェランドと道で会ったとき何が起こったかを思い出さないことだ。気持ちが昂ってきたせいか身体が震えてきた。私は彼女の精神状態を何としても知りたかった——快復するだけの睡眠はとれたはずだ。私は彼女の手を取って名前を呼んだ。

彼女はふたたび目を開けた。その目には、私に対する恐れも疎ましさも表われていなかった。何の非難も込められていなかった。穏やかで、もの悲しく、疲れた感じの眼差しだったが、精神錯乱の兆候を示すものはなかった。

「私は長いあいだ病気だったのですか、バジル？」彼女は訊いた。

「そんなに長くはありません。すぐに良くなりますよ」

「私は、あなたの家に来たのですね？」

「そうです。しばらくここにいてもらおうと思っています。身体が弱っているように感じますか？」

「ええ、とても。バジル、私、とても怖い夢を見たのです」

「熱に浮かされて意識がもうろうとしていました。そんなときには、変な夢を見るものです」

見るからにフィリッパは、子どものように弱々しかった。が、少なくとも今は、すっかり正気に戻っているようだ。弱々しくとも落ち着いた口調で話すのを聞いて、私は喜びのあまり叫び声をあげそうになった。これはきわめて稀な事例ではないか、と私の期待は膨らんだ。人為的な長い眠りによって、目覚めた患者の狂気が完全に消え去るという——聞いたことはあるが実際には見たことのない——事例なのかもしれない。フィリッパがそうだとしたら、正気がそのままつづくとしたら、二、三週間、手厚い看護と適切な治療をほどこせば、完全に健康を取り戻せるかもしれない。こう思って心が慰められたが、そのとき彼女が陥っている危機的な状況が頭をよぎった。明日には――いや、今日にでも――私が恐れていることが実際に起こるかもしれない。そうなれば、アヘンによってもたらされた素晴らしい効き目もすべて吹き飛んでしまうだろう。

フィリッパは今ではすっかり目を覚まし、まったくおとなしくしている。飲み物を与えられ、黙ったまま静かに横になっている姿を見て、一人にしておいたほうがいいだろうと思った。部屋を出るときにブラインドを下ろした。窓に吹きつける雪を目にすることで、あのときの記憶が呼び戻されるのを怖れたのだ。彼女の頭にそれが入り込むことだけはなんとしても避けなければ！

長く物憂い一日が過ぎていった。しだいに夕闇が迫り、また夜になった。フィリッパは落ち着いた様子で、黙って、ほとんど感情を表わすこともなくベッドに横になっている。私は彼女を刺激するようなことは何もせず、できるだけそばに近づかないようにした。私の姿を目にすることで昨夜の出来事を思い出し、呼び戻された記憶が、何時間もの長く深い眠りによってもたらされた望ましい結果を台なしにしてしまうことを怖れていたのだ。看護を他人に委ねることができたら、患者の前に自分の姿を見せることもなかっただろう。夜になり、忠実なウィリアムが看護師を連れて来るのを今か今かと待った。

こんな天気なのに彼らは我が家にたどり着けるだろうか？　雪はまだ激しく降っていた。雪の狂宴は二十四時間以上にもわたって休みなくつづいている。前夜、私がフィリッパの家を出たときからはじまった吹雪は、まさに歴史に残るもので、この五十年のあいだにもっとも長時間降りつづけ、もっとも大量の降雪をもたらしたものだった。二晩と翌日の夕方まで降りつづいた雪は、至るところに大きな吹き溜まりを残していた。気持ちが暗く沈んでいた私は、一日じゅう塀際の雪の吹き溜まりが高さを増していくのを窓からぼんやり眺めていた。他のことに気を取られながらも、猛り狂う吹雪がいつまでもつづくことに目を見張らずにはいられなかった。

夜の十一時になり、残念だが、心待ちにしている看護師が来るのは無理ではないかと思いはじめた。結局ウィリアムは、この天気にあらがって進むことは難しいと判断したのだろう。今夜も一人で寝ずの番をしなければならない。私は準備をはじめた。疲れきっていたが、眠るわけにはいかない。フィリッパに狂気が戻ってきたときに私がそばにいて彼女を鎮めなかったら、いったいどうなってしまうだろう？　正しく治療されれば、患者から狂気が完全に取り除かれるという期待は、心の中でしだいに膨らんでいった。とはいえ、少しのあいだにしても、彼女を一人にすることができると言えるほどの自信はなかった。

もう百回にはなるだろうと思いながら道路に目をやった。二つの明かりが近づいてくるのが見えた。忠実なウィリアムが仕事をやり遂げてくれたのだ。そのときの私が、どれだけ喜んだかは想像するに難くないだろう。数分後、ロンドンでも有数の看護師養成所から派遣された、きちんとした看護師が二人、我が家に迎え入れられた。

やはり列車が大幅に遅れたのだ。一、二カ所で吹雪に遮られてしまい、あきらめて、除雪するまでおとなしく停車するところだった。だがついに、機関車がそれに打ち勝ち、ローディング駅にたどり着くことができたのだそうだ。ウィリアムは私が急いでいることを知っていたので、多額の報酬を提示してすぐに馬車を確保した。山っ気のある馬車屋は、危険も顧みず、ローディング駅から我が家までの六マイルを二頭立て馬車で進んだ。歩みは遅々としたものだったが、我が家に無事到着することができた。こうしてウィリアムは、意気揚々と看護師二人を私の前に連れてきた。

彼女たちに飲み物を出して休息をとってもらったあと、私は二人にフィリッパの症状を説明し、どんな処置をすべきか指示を与えた。それからフィリッパのところへ連れていった。夜の看護は二人に任せ、私はこの間《かん》ずっと不足していた睡眠をとることにした。

だが、ベッドに行く前にウィリアムと言葉を交わした。彼の話を聞くことは怖かったが、朝、途中で恐ろしい光景を目にしなかったか確かめておきたかったのだ。例のことが明るみに出たかどうか知っておかなければ！

「今朝は問題なくローディング駅に行けたのか？」私はさりげなく訊いた。

「問題ありませんでした、旦那さま」ウィリアムは明るく答えた。

「だいぶ雪が積もっていただろう？」

「思ったほどではありませんでした。ほとんどが道の片側に吹き寄せられていましたので。あんなふうになったのを見たのは初めてです。今朝、吹き溜まりの高さは数フィートになっていたと思います。今頃はどれくらいになっているでしょうか？　北極の吹き溜まりくらいになっているかもしれません」

しばらくぶりで私の心に一条の希望の光が射し込んだ。今朝、ウィリアムはあの人通りのない道を歩いていったが、雪の吹き溜まりのほかには何も見なかったのだ！　私は土手の底にあった小さなくぼみにどうやって死体を置いたかを思い出した。死装束《しにしょうぞく》となりつつあった雪が、ありがたいことに優しく男の死体を包み込んだのだろうか？　形の消えた真っ白い雪の塊りが、何も語ることなく、当分のあいだ、あの恐ろしい所業を隠しとおしてくれるのだろうか？　明日、ここを発つことができるほどフィリッパが快復したら、私たちは何の痕跡も残さずにここを立ち去ることができるかもしれない。

フィリッパは狂気のうちになした行為を永遠に知らずに済ませられるかもしれない。あの恐ろしい秘密を知るのは私だけだ。心の重荷ではあるが、耐える自信はある。耐えなければ！　じっと耐えて幸せになるのだ。フィリッパが直面している脅威から彼女を救い出すことさえできれば、フィリッパと私はこの世で二度と離れ離れになることはない——二人の愛を終わらせることができるのは一方の死だけだ。

もう一度私は窓の外に目をやった。まだ雪が降っている。ああ、なんと頼もしく優しい雪だ！　降ってくれ、もっともっと降ってくれ！　死んだ男の上に降り積もり、その身体を深々と覆ってくれ。何週間でも、何カ月でも、いつまでも降りつづいてくれ！　私の愛する人と私を救うために！

第六章　守られた秘密

言うまでもないが、翌朝目覚めたときに最初に考えたのはフィリッパのことだった。だが最初にしたのは、窓際に行って空を見上げることだった。雪は止み、冬の太陽が輝いている。私はがっかりして窓を押し上げた。冷たい風がナイフのように身に突き刺さる。窓枠に積もった雪をひとつかみすくい取ると、歯磨き粉のように手の中で崩れた。表面が霜に覆われてサラサラになっているのだろう。階段を駆けおり、居間の窓の外にある寒暖計を確認した。氷点下十二度だ。気分が明るくなった。フィリッパは救われるかもしれない。東風だ。風向きが変わらないかぎり霜が解けることはなく、道端の白い墓はあの夜の恐ろしい秘密を隠し通してくれるだろう。

それに、今の状況を考えれば、フィリッパは私が望んだとおりの状態にある。アヘンの効き目による長い眠りから覚めたあとも、妄想は再発しなかったし、心配されるような症状は何も出ていなかった。もちろん身体は弱っていたが、落ち着いた様子で静かに身を横たえている。ほとんど話をせず、たまに口を開くことがあっても、私が避けている話題や、フィリッパの心を乱す話題は口にしなかった。

日は一日一日と過ぎていった。頼もしい霜が今でも雪の表面をしっかりと覆い、あの夜の秘密を守っている。毎朝目覚めるたびに、まだ東風が吹いていることと、空が澄みわたり厳しい寒さがつづいていることを確かめた。私たちは救われるかもしれないという予感は、今では確固たる信念となっていた。まさに天が、自ら盾となって私たちを守ってくれている。

私はこの出来事があった年を書き記していないが、大雪のあと、霜で覆われた雪がいつまでも地面に残った年を覚えている読者なら、その年を特定できるだろう――その年以降、そんな天気になったことは一度もなかったのだから。

フィリッパは日に日に具合が良くなり、元気を取り戻していった。すでに述べたとおり、患者の快復に不可欠だった治療法を別にすれば、どんな治療法についても、医学的な論点についても、一切立ち入らないことにする。しかし何日も経たないうちにわかったことだが、私の願いが叶ってフィリッパの病状が再発しなかったのは、きわめて稀な事例であるということだった。強制的に睡眠をとらせることによって精神のバランスが回復し、時間をかけてしっかり看護したことによって症状がすっかり消え去ったのだろう。

命を奪われたり正気を失ったりする危険がなくなったと確信するとすぐに、私はこれからどうすべきかについて考えをめぐらせた。旅行できるくらいにフィリッパの健康が快復したら――いや完全に快復しないうちでも――雪が解けはじめたら、道義的に責任はないにしても、恐ろしい役を演じたこの悲劇の地をフィリッパは離れなければならない。私たちは、あの忌まわしい現場から、陸と海とで遠く隔てられた地に身を置かなければならない。だが、どうしてそうしなければならないか、彼女を説得する方法はあるだろうか？　今は兄と妹という関係になっているとはいえ、私と一緒に海外へ行くのを承知するだろうか？　愛する女性を説明しようのない立場におく資格が私にあるだろうか？　そんな資格はない！　断じてない！　しかしイギリスに安全な場所はない。私以外に、誰が彼女をイギリスから連れ出せるというのか？

　イギリスを離れる本当の理由をフィリッパに告げることはどうしても避けたかった。私が何よりも願っているのは、狂気が去ったときに、あの夜の出来事も彼女の頭からすっかり消え、その記憶が二度と戻らないことだ。ぐずぐずしてはいられない。すでに十日が過ぎた。ありがたい霜がまだ秘密を守ってくれているものの、それが永遠につづくわけではない。吹き溜まりの雪が解けてサー・マーヴィン・フェランドの冷たい死に顔が現われ、最初の通行人に死のいきさつを語りかけるときが必ず来る。

　あの夜から、私はほとんど外出しなかった。しかしある日、強迫観念のようなものに取り憑かれ、ローディング駅へ向かう道路に行き、道端に死体を置いたと思われる場所で立ち止まった。おぞましい死体が横たわる場所を見極められるのではないかと思い立ち、雪の吹き溜まりを杖でつついて確かめたいという衝動に駆られたが、どうにかそれを抑え、私はその場をあとにした。

　道路には多少の往来があった。今では積もった雪が荷馬車の車輪や通行人の足で踏み固められているので、難なく徒歩で進むことができた。フィリッパが私に助けを求める前に暮らしていた家に近づいたところで、ウィルソン夫人にばったり出くわした。気づかないふりをして通り過ぎようとしたが、先方から呼び止められた。

「妹さんを連れて遠くへ出かけたのではないのですか？」

「あいにく、妹はお宅を出てから具合が悪くなってしまい、まだ動けるほどにはなっていないのです」

「サー・マーヴィン・フェランドから妹さんに連絡はありましたか？」夫人が唐突に訊いてきた。

「私の知るかぎり、ありません」私は答えた。

「それは妙ですね。あの晩、私の家に来る予定だったのは、ご存じでしょう?」

「もちろんです。妹がそちらを出たのも、そのせいでしたから」

ウィルソン夫人は思案げに私を見つめた。「妹さんはもうご主人とは会わないつもりなのですか?」

「二度と会うことはありません」この言葉の本当の意味は私にしかわからないだろうと思いながら答えた。

「妹さんはご主人を憎んでいるのですか?」彼女はだしぬけに言った。

「妹はひどい仕打ちを受けたのです」私は答えをはぐらかした。

夫人は私の腕に手を置いた。「いいですか」彼女は言った。「もし妹さんのほうがご主人を憎んでいるようなら、出ていかれる前に妹さんに言っておきたいことがあったのです。ご主人のほうが妹さんを憎んでいるようなら、ご主人のほうにそのことを言うつもりでした。いずれ、どちらかにそうします」

夫人は私に背を向けて歩きはじめた。この謎めいた言葉に私はかなり戸惑った。確かに変わった女性だ。若い頃のサー・マーヴィン・フェランドと彼女は何らかの関わりがあったのではないかという思いが、今まで以上に強くなった。追いかけて説明を求めたい気持ちに駆られたが、こちらから何も言わないほうが無難だろうと思い直した。あの夜の秘密が明るみに出たときにもっとも危険なのは、フィリッパとサー・マーヴィン・フェランドの関係をウィルソン夫人が知っていることなのだ。
二、三歩、歩いたところで、ウィルソン夫人は振り向いてこちらへ戻ってきた。「住所を教えてもらえませんか」彼女は言った。「手紙を送るかもしれませんので」

私は一瞬ためらったあと、ロンドンの取引銀行気付で送ってくれれば、いずれ私に届くようになっていると答えた。私の居所を知らせないとしても、まだ疑われるようなことはないだろう。

道端のあの白い墓を見届けてからというもの、フィリッパをここから連れ出さなければという気持ちが抑えきれないほど強くなった。ついに私は、大切な預かりものをどうするか決意を固めた。フィリッパが旅に出られるほどに快復したら、急いでロンドンに連れていき、この世でいちばん頼りになる高潔で心優しい女性の手に彼女を委ねよう――私の母の手に。

母はロンドンで私が来るのを待っていた。母に手紙を送り、友人が重い病気にかかったのでしばらくは家を離れられないと伝えておいたのだ。私は今、母のところへ行き、フィリッパの悲しい物語のすべてを――フィリッパ自身は何も知らないと私が望んでいる暗い一章を除いて――彼女に話す決心をした。フィリッパを母のところへ連れていって、私がどれだけフィリッパを愛しているか話し、母の私への愛情に訴えかけ、傷ついたかわいそうなフィリッパを娘のように優しく受け入れてほしいと頼むことにしよう。息子のためを思うなら、彼女は私の願いを聞き入れてくれるはずだ。

フィリッパはすっかり快復した。ここでちょっとペンを置いてその頃のことを思い起こすと、恐怖や不安にさいなまれながら、あれほど長くあの場所からフィリッパを連れ出さずにいられたことを我ながら感心せざるを得ない。そこまで持ちこたえられたのは、すべてがうまくいくだろうという予感がしたせいなのか、患者の快復を遅らせるような行動を取るべきではないという医者としての直観が働いたせいなのか、そのどちらかとしか思えなかった。しかしついにその時がきた。

フィリッパは落ち着いた様子で黙って横になっている以外は、ほとんど昔の彼女に戻っていた。私に対する彼女の言葉や態度は、優しく、愛情にあふれ、まるで妹のようだった。言うまでもなく、その間《かん》の私は、言うべきでないことは一切口にしなかった。フィリッパへの愛については心の中にしまっておき、もっと幸せな日々が訪れるまでは口にしないことにした。何と言われようと――非難を承知で言うが――私にとってのフィリッパは、初めて会った日の彼女と変わることのない清らかで罪のない存在だ。フィリッパの手がサー・マーヴィン・フェランドの血で汚されたとしても、本人はそれを自覚していない。男のひどい仕打ちがフィリッパを狂気に駆り立てたのであって、なされた行為の責任は狂気にあり、彼女自身にはないのだ。

彼女は決してその男の名を口にしなかった。フィリッパの話しぶりからすると、そんな男は存在しないか、せいぜい忘れられた夢の一部にすぎないようだった。やがて彼女はベッドから起き上がれるほど元気になり、私と一緒に何時間も楽しい時を過ごせるようになった。私たちはすぐにいろんな話をするようになったが、サー・マーヴィン・フェランドのことや最近の出来事は決して話題にしなかった。

にもかかわらず、彼女の表情が私を悩ませることがあった。時折、心配事があるかのように不安げな目で私を見つめ、何か隠しているのではないかと私の心を探るような眼差しをしたからだ。あるとき、あの夜どんなふうにして自分は私の家に来たのかと訊いてきた。

「吹雪の中をやって来たのです」私は努めてさりげなく言った。「ひどく熱に浮かされていて、意識がもうろうとしていたようでした」

「それまで私はどこにいたのでしょう？　何をしていたのでしょう？」

「おそらくウィルソン夫人の家からまっすぐ来たのだと思います。それ以上のことはわかりません」

彼女は、ため息をついて顔をそむけたが、すぐに不安げな黒い目で喰い入るように私を見つめた。

私はひるまずに視線を合わせ、〝フィリッパにとって空白になっている時間の記憶が、決して埋められることがありませんように〟と心の中で祈った。

あの運命の日からちょうど二週間が経ち、ついに私たちは我が家を離れた。すでに私は、法的には事後従犯となっていて、かわいそうな彼女を司法の裁きから救うためにあらゆる手を尽くしていた。疑惑を招かないようにするため、家はそのまま残しておくことにした。忠実な使用人のウィリアムに家の世話を任せることにし、私からの指示をそこで待つように言った。当面、誰かに訊かれたら、私は妹を連れてロンドンに行っていて、いつ戻るかわからない、と答えさせるのがいちばん無難だろう。いずれすべてがうまくいったら、通常の方法で家を売ってしまえばいい——二度とこの家を訪れたくなることはないのだから。

フィリッパは私の段取りにおとなしく従ってくれた。私と一緒にロンドンに行くのを喜んでさえいた。子どものように手放しで私を信じきっている。「でも、バジル、そのあとは——そのあとはどうなるのでしょう?」彼女は訊いた。

危険に脅《おびや》かされているさなかにあってさえも、その問いに私は答えられなかった。フィリッパの足元にひざまずき、私の愛によってこれから起こる問題はすべて解決される、と告げるのは差し控えなければならなかった。

「ロンドンにちょっとしたサプライズを用意してあります」私はできるだけ明るい声で言った。「私を信じてください。後悔はさせません」

フィリッパは私の手を取った。「あなたを信じています」彼女はきっぱりと言った。「バジル、あなたは本当によくしてくださいました。辛い思いをさせてしまいましたが、その償いをするのはもう手遅れなのでしょうね。でも私は、ここで過ごした日々を絶対に忘れることはありません」

彼女の目に涙があふれた。私はうやうやしく彼女の手にキスをし、彼女の口元に昔の微笑みが戻ったら、私がしたことはその千倍になって自分に返ってくると言った。しかしそう言いながらも、この先なにが二人を待ち受けているのだろうと思い、身を震わせた。

私たちは馬車でローディング駅へ向かった。当然のことながら、ウィルソン夫人の家の前を通ることになる。フィリッパは座席から半分腰を浮かせ、もの問いたげな様子だったが、気が変わったらしく、また黙り込んでしまった。道端にあるものや建物を見て記憶が呼び戻されるのではないかと私は内心ビクビクしていた。心臓の鼓動が激しくなった。生け垣のそばの白い吹き溜まりが――私たちの秘密を隠していると思われる吹き溜まりが――近づいてきた。私は顔面が蒼白になるのを感じた。どうにかそこから顔をそむけ、反対側の窓に目をやった。フィリッパが不安そうな目で私を見つめているのを知って、私の心はさらに落ち着きをなくしていった。いろんなことが積み重なって緊張の糸が切れそうだった。幸福と安心を感じる日が、私の人生にふたたび訪れることがあるだろうかと思った。

長い沈黙のあと、フィリッパは口を開いた。「教えてください、バジル。あの人から何か言ってきましたか?」

私は首を振った。

「あの人は今どこにいるのかしら?　あの晩こちらに来る予定でしたけど、来たのでしょうか?」

「おそらく来なかったのでしょう。どうしてそんなことを訊くのですか?」

「バジル、恐ろしい夢を何度も繰り返して見るのです。あの猛吹雪の夜にもその夢を見たし、今もその夢を見ます。何の夢なのか教えてください」

額に汗が吹き出てきた。「愛するフィリッパ」私は言った。「夢を見るのも不思議ではありません。今は元気になりましたが、あの夜、あなたの精神状態は普通ではありませんでした。今見る夢はあのときの精神状態を引きずっているのでしょう。あんな男のことはもう考えないことです。あの手の男の習性からすると、おそらく今頃はパリで暮らしています。あなたはただ、自分の人生が穏やかで幸せになるよう考えたほうがいいでしょう」

何としてでも、あの恐ろしい行為を彼女に知られないようにしなければ！　私はことさら明るい口調でさりげなく話すよう努めた。通りすがりに見かけた地元の人々の着ぶくれした格好を笑ったり、道端に立ち並ぶ木々の枝に白い葉のように降り積もった雪を指差し、まばゆく光る美しさに感嘆の声をあげたりした。なんとか彼女の頭を別のことに切り替えさせようと――彼女の目から問いかけるような謎めいた表情を追い払おうと――あらゆる手を尽くした。ようやく列車に乗り込んで逃避行の最初の段階が終わったときには、心の底から嬉しさが込み上げてきた。

ロンドンに着くとまっすぐ母がいるホテルに向かった。ジャーミン・ストリートに面した由緒ある長期滞在型の高級ホテルだった。私は妹の部屋と自分の部屋を取った。フィリッパに自分の部屋で休むように言い、私は母のところへ行った。母と再会の抱擁を交わしたあと、三十分も経たないうちに、フィリッパの身に起きたこと、私が彼女を愛していること、フィリッパのために助けを借りようとここまで来たことを話していた。

母を頼って来たのは正解だった。彼女が、高潔な人であり、社会のつまらない因習に縛られず、息子を心から愛していることを改めて知った。あの日、母が私にしてくれたことをもう一度ここで感謝したい。

母は、私が夢中で話すのを黙って聞いていた。私は彼女に、二つのこと――私の愛する女性にひどい仕打ちをした男の名前と、その男を襲った運命――を除いて、すべてを話した。すでに述べたように、私が過去にどれほど深くフィリッパを愛したか、そして今もどれだけ愛しているか、いつの日にか私の愛が報われることをいかに願っているかを話した。かわいそうなフィリッパを優しく迎え、娘を相手にするように接し、できることなら彼女に自尊心を取り戻させてほしいと頼んだ。

私の話を聞いた母は、その優しい顔を曇らせた。唇が震え、目が潤んでいる。私は彼女の胸に去来するすべてを察した。息子をどんなに誇りに思っていたか、我が子が社会で立派な仕事をするのを、どれほど望んでいたかを知っていたからだ。彼女も一人の女性だった。そして女性の常として、息子が結婚を機によりいっそう世間に認められることを願っていた。それでもなお、母を頼ったのは正しかった。重ねて優しい母に感謝したい。

母は立ち上がった。「あなたの愛する女性に会わせて。今どこにいるの？　すぐ会いましょう」

「このホテルにいます。ああ、お母さん、きっと私の力になってくれると思っていました」

母は私の額にキスをして言った。「ここへ連れていらっしゃい」

私は部屋を出て、フィリッパをここに呼ぶよう頼んだ。彼女はすぐにやって来た。顔は青ざめていたが、旅の汚れを落としたフィリッパは、すっかり本来の上品な美しさを取り戻していた。私は彼女を伴って母の部屋に入っていった。女性がいるのを目にして、フィリッパは歩を止めた。頬にさっと赤みが差した。

「フィリッパ」私は言った。「私の母です。母にすべてを話しました。母は、あなたを歓迎しようと待っていたのです」

フィリッパはじっと立ったままうつむいた。胸が波打っている。母がフィリッパのそばに来て、両腕を優しくフィリッパの身体にまわし、何かささやきかけた。よく聞こえなかったが、あえて聞き取ろうともしなかった。フィリッパはわっと泣き崩れ、しばらくのあいだ母の肩でむせび泣いていた。

やがてフィリッパは顔を上げて私を見つめた。彼女の涙に濡れた目の表情に私はどきりとした。

「バジル、私のお兄さん、あなたは私にはもったいない方です」彼女の口から言葉がほとばしった。

母はフィリッパをソファに連れて行き、フィリッパの身体に腕をまわしたまま並んで座った。私は二人を残してその場を離れた。今や私の愛する人は、信頼できる高潔な心の女性に涙を受け止めてもらっている――彼女が受けたひどい仕打ちをたちどころに理解してくれ、最高の思いやりを持って彼女の話に耳を傾けてくれ、物静かな優しい声でいたわってくれる女性に。

ああ！　あの晩の恐ろしい所業をなかったことにできたなら――あの白い墓がおぞましい秘密を永遠に守ることができるなら――私はどんなに幸せな気分になれるだろう！

第七章　雪解け

安住の地を目指す逃避行の第一段階が終わったところで、私は今の状況に考えをめぐらせ、今後どうすべきか自らに問いかけた。サー・マーヴィン・フェランドの死が発覚するのは避けられないが、それによってどんな展開になるのか考えようと努めた。発覚に伴ってどんな危険が生じるのか、その危険を防ぐ――あるいは避ける――最善の方法は何か、私は冷静に判断しようとした。

いちばん危険な人物は紛れもなくウィルソン夫人だ。あの夜にサー・マーヴィン・フェランドがローディングに来ることを知っていたのも、あの男とフィリッパがどのような関係にあるのか――あるいはどのような関係にあるとフィリッパが思っているのか――を知っているのも彼女だけなのだ。あの男が死んだ夜の正確な日付は、大雪の日ということで特定できるだろう。死体の身元が割り出されたら、ただちに自分の家に滞在していた女性が急に出て行ったことや、そのあとに体調を崩していることを、あの恐ろしい事件に結びつけるだろう。夫人が、知っている――あるいは疑っている――ことを警察に申し立てたとたん、フィリッパが容疑者となり、ただちに捜索がはじまるはずだ。どこから見ても、この危険から逃れられる抜け道などないのだ！　そう思うと胸が締めつけられた。

使用人のウィリアムのことはあまり気にしなかった。落ち着いてよく考えてみると、何事にも過敏に反応することのないウィリアムが一気に正しい結論にたどり着くとは思えない。私とフィリッパのどちらかに疑いの目を向けるとしても、疑いを向けるのは私のほうであってフィリッパではないだろう。ウィリアムが私に好意を持っていることは確かだ。私が犯行に及んだと思ったとしても、そうするだけの然るべき理由があったと考えるはずだ。重い口を開いて私の不利益になる言葉を発することはないだろう。ウィリアムを怖れる必要はまったくない。

あの重要な凶器を衝動的に放り投げてしまったことが心から悔やまれた。なぜ持ち帰って地面に深く埋めてしまわなかったのだろう？　ピストルが見つかったら、それが手がかりとなって捜査が進展し、すべてが明るみに出てしまうかもしれない。放り投げたピストルが殺人と結びつけられないよう、落ちた場所で何年も発見されないことを願うしかなかった。

結局、ウィルソン夫人から提供されるだろう状況証拠を考えると、当初の計画に戻らざるを得ない。たとえ精神錯乱の状態で犯した行為であっても、フィリッパが罪に問われることがまったくないとは言いきれない。そうなると、フィリッパの身を守る方策として唯一希望が持てるのは――実際、さまざまな状況を考え合わせると、おそらく私自身の身を守る方策でもあるが――ただちにこの地を離れることだ。逮捕されるのではないかという不安に脅《おびや》かされずに暮らせる場所を見つけなければならない。それはどこだろう？

そのような場所はいくつか考えられた。この事件があったのは、一八七三年より前のことで、イギリスはまだ、ほとんどの国と犯罪人引渡し条約を締結していなかった。その時点で、イギリスがこの条約を結んでいたのはフランスとアメリカ合衆国の二カ国だけだったので、安住の地を求める私たちの選択肢は、現時点で司直の手から逃れようとしている人間ほど狭くはなかった。だが念のため、弁護士の友人を訪ね、仮定の話だと断ったうえで、逃亡者に関して国家間の取り決めがどうなっているかを確かめ、充分な情報を得ることができた。

はっきりしたのは、今述べた二カ国を除いて、イギリスには犯罪人引渡しについて明確な国家間の取り決めはなく、代わりに、明文化されていない〝国際礼譲〟という規範があるだけということだった。この拘束力を持たない規範の下では、凶悪な犯罪者が他国に保護を求めてきた場合、根拠となる法律は存在しないながらも、その犯罪者を国外に追放することで相手の国に引き渡すことが珍しくなかった。しかしながら、逃亡者が現行犯に近いかたちで逃げてきて有罪が誰の目にも明らかでないかぎり、もっとも友好的な相手国であっても、この規範が実行に移されることはまずないだろうと思われた。このような国外追放がどの程度までなされるかは誰も予測できなかった。一般的には、ある国の相手国に対する影響力や説得力の大きさによって決まるのだろうと考えられていた。

この情報は、容易に安全な場所を確保できるかもしれないという期待を覆すものだったが、恐れることもないと思った。フィリッパの場合は容疑の域を出ないもので、誰も――私でさえ――実際に殺人がなされたところは見ていないのだから、逮捕状が出されることはないだろう。たとえそうなったとしても、私たちがイギリスを離れたために逮捕が困難になった場合、どこかの国の政府がわざわざイギリスの法律を執行する手助けをするとは考えにくい――私以外に、サー・マーヴィン・フェランドはフィリッパに殺された、と証言できる者などいないのだから。

そのとき私は、イギリスの法律が執行されにくいもっとも安全な国は――現在でもそうだが――スペインであることを知った。私はスペインに狙いを定めた。無駄に時間を過ごすことなく、スペインに旅立とうと私は決心した。

翌日すぐに、外国へ行く話を母に持ちかけた。母とフィリッパは知り合ったばかりだったにもかかわらず親しい間柄になっていることを知って、私はとても嬉しく思った。フィリッパは、保護者に接するようにごく自然に母を頼っている――亡くなった母親に代わる存在として私の母を受け入れているのだろう。どうやら女性の幸せには、同性からの愛情がなくてはならないもののようだ。二人が一緒にいるところを目にして私は心が和《なご》んだ。フィリッパは、私と話すときとはまったく違った感じで母と話している。私の唯一の望みが叶えられる日が来るときには、辱められ、見捨てられ、傷つけられたフィリッパに対して示した母の優しさが、私のプロポーズの強い味方になってくれるだろう。

しかし、果たしてそんな日が来るのだろうか？　あの暗い夜の所業のことをいつも心にいだきながら、私たちは幸せを感じることができるのだろうか？　私はどうすればいいのだ！　すべてを打ち砕く一撃が、いつ襲ってきてもおかしくないと思うと、私の心は暗く沈んだ。ぐずぐずしている暇はない。これからは、なすべきことを先送りしたり、安全なふりをして自分をごまかしたりしないことだ。とにかく今は、危険から離れるようにしよう。

「お母さん」私は言った。「私と外国へ行きませんか？――フィリッパも一緒に」

「外国へですって、バジル？　私はイギリスに帰ってきたばかりなのよ」

「いいじゃありませんか。すぐに行きましょう。太陽が輝く温暖なところへ。スペインがいいですね」

「スペイン！　どうしてスペインなの？　それに、フィリッパはまだ長旅ができる身体じゃないでしょう！」

「フィリッパはイギリスを離れたほうがいいんです。ここには悲しい思い出しかありませんから」

「それじゃあ、一週間か二週間、様子を見ましょう」

「いえ、急ぐんです。明日か明後日には発ちましょう。お願いします、お母さん」

「理由を教えてちょうだい、バジル。そうしたら、あなたの言うとおりにするわ」

「私を見てください。理由はわかるでしょう。ひどく疲れていて神経が昂っているのがわかりませんか？　今すぐ環境を変えなければならないんです」

母は心配そうに私を見つめた。「確かに具合が悪そうね。でも、どうしてスペインなの？」

「思いついただけです――病人の気まぐれですよ。フィリッパのお父さんの国なので、頭に浮かんだんでしょう。お母さん、正直に言ってください。フィリッパのことをどう思いますか？」

「フィリッパはあなたの愛する女性で、とても美しい人ね。ひどい仕打ちを受けたけど、彼女に罪はないわ。親しくなったばかりだから、これ以上のことを言ったら嘘になってしまうわね」

「私とスペインへ行ってくれますね？――フィリッパも連れて」

母は私にキスをして私のわがままを受け入れてくれた。私はフィリッパのところへ行った。

「母が私たちを外国へ連れて行ってくれるそうです」私は無理に微笑んで言った。今はどうしても、そんな作り笑いになってしまう。「すべてを母に任せましょう」

「お母さまは優しい方です――ほんとに素敵な方ですわ」フィリッパは両手を握り合わせて言った。

「バジル、お母さまのことは心からお慕いしています。でも、どうして外国なんかへ？」

「ひとつは、悲しい記憶から遠ざかるためです。もうひとつは、私の体調がよくないからです」

とっさにフィリッパは心配そうな表情になった。それを見て私は、頬が赤くなるのを感じた。「まあ、それならすぐに行かなければ！」フィリッパは声を高めて言った。「この氷の国を脱出しましょう。私が看病して、あなたを元気にしてみせます。どこへ行くのですか？　どこへ？」

「スペインです——明日か明後日にでも」

フィリッパは、これまで何度も見せている心配そうな目で私を見つめた。「バジル」フィリッパは言った。「私のためなんですね」

「自分のためでもあります」

「私はあなたの愛に応えませんでした——あなたの人生を台なしにしてしまったのです。恥さらしの女としてあなたのところへ来たのに、あなたは私を救ってくださいました。私を蔑《さげす》まなかったばかりか、お母さまに私をあずけてくださったのです。バジル、神様のお慈悲があなたにほどこされるよう祈っています。私はあなたの恩に報いることはできませんから」

フィリッパはわっと泣き出し、足早に部屋から出ていった。

こうして私は、二人に外国行きを承諾してもらうことができた。その日の午後、風向きが変わり雪解けがはじまった——イギリス中を覆っていた分厚い白いヴェールを、ゆっくりと、しかし着実に引き剝がしていく雪解けが。

その夜、私はほとんど眠れなかった。ただじっと横になって、あの白い墓が少しずつ解けてなくなる様を思い描いていた。やがて青白い顔が現われ、恐ろしい秘密が誰の目にも明らかになっていく。最初に死体を発見するのは誰だろう？　間違いなく地元の男か女が、まだ夜も明けきらないうちにそこを通りかかることになる。私は発見者が仰天する様子を思い浮かべた——恐怖のあまり叫び声をあげるに違いない。どうしても目を閉じる気にはなれなかった。自分があの吹き溜まりの上に立って雪が解けていくのを眺めている夢を否が応でも見ることになるからだ。フィリッパが捜査の手の届かないところにたどり着くまで、私は眠りにつけないのではないかとさえ思った。

雪解けがはじまると、それはどんどん速くなっていった。翌日は暖かい風が吹いて大雨となったせいでさらに加速した。あのとんでもない大雪は、まさに冬将軍の最後のあがきだった。私は新聞の朝刊で目にするだろう記事を怖れていた。

外国行きの話を持ち出してから三日が過ぎた。それなのに、私たちはまだロンドンを離れていなかった。いざ旅行の準備をはじめてみると、やらなければならないことが山ほどあった。パスポートも取得する必要があった。母は、フィリッパと自分のためにあれやこれやと買物をしていた。今では、母はヨーロッパ大陸にしばらく滞在するという計画をすっかり楽しみにしていたが、快適に旅行したいと言って、急いで出発することには強く反対した。そんなわけで、ただちに出発しなければならない状況であったにもかかわらず、私たちはいまだにロンドンに留まっていた。

出発が遅くなり危険が高まっていると思うと、私は苛立ちが募って興奮しやすくなり、不機嫌になっていった。しかし私の神経がこんな状態にあるのは、今の状況を考えるとまんざら悪いことでもなかった。私の顔つきや態度から、私自身の体調こそが旅に出る理由なのだと母はすっかり信じたからだ。そこで彼女は、善意にあふれた女性らしく、出発に向けて甲斐甲斐しく準備を整えてくれた。

翌朝、出発することになった。私は、「手遅れになりませんように。これから二十四時間のあいだに私の恐れていることが起こりませんように」と神に祈った。今頃、あのおぞましい死体は青白い顔に陽光を浴びて道端に横たわっているだろう。

私は意を決して朝刊を開き、大急ぎで斜め読みした。政治、海外、金融市場の欄はどうでもよかった。私はひとつの記事に釘づけになった。あの白い墓の秘密が明らかになったのだ！　ついに！　私にとってその記事の文字は火で書かれたもののように感じられた。

＊

〈ローディング近郊で痛ましい死体発見――雪解けで恐ろしい犯罪が明らかになった。昨日午後、町の大通りを歩いていた作業員が道の脇に横たわる紳士の遺体を発見した。死因は銃による射殺だった。犯行はあの猛吹雪の夜になされ、それ以降、遺体は数フィートの深さになった雪の吹き溜まりに埋もれていた模様だ。即死と思われるが、遺体の近くに凶器が見つかっていないことから、自殺の可能性はない。遺体から見つかった手紙や書類から、被害者は准男爵のサー・マーヴィン・フェランドと推定される。被害者の友人の何人かに事件が知らされ、明日、検死審問が開かれる予定になっている〉

＊

しばらくのあいだ私は、ただ呆然と椅子に座っていた。死体が発見されることは避けられないが、事前にそうなるとわかっていたからといって衝撃が和らぐものでもない。間違いなく危険な状況はつづいている。ああ、昨日出発していたなら――せめて今日出発する予定だったなら！　明日の朝まで死体が発見されないでくれたなら！　最初に頭に浮かんだのは、母のところへ行って出発を早めるよう頼むことだった。しかし、そんなことをするのは賢明ではないと思い直した。母を――そしてフィリッパを――不安にさせてしまうだけだ。理由を言うわけにはいかない。とにかくこのニュースをフィリッパに知らせないようにしなければ！　この記事を読んだ彼女に何が起こるか、誰も答えられないだろう。医者としてフィリッパを診断すると、あの夜のことが彼女を悩ませていることは明らかだった。幸いフィリッパは、夢が――夢と思い込んでいるものが――まだあの夜の出来事とは結びついていないようだった。あの夜から、サー・マーヴィン・フェランドがフィリッパと会った場所で死体となって横たわっていたことを知ったなら、彼女は恐ろしい真実を悟ってしまうだろう。駄目だ！ フィリッパが疑念を抱くような言葉をひと言も彼女の耳に入れてはならない。私の任務は二つある。ひとつは、フィリッパを司直の手から逃れられるようにすることだ。もうひとつは、彼女を彼女自身の呪縛から解き放つことだ。後者のほうが私にとってはるかに難しい任務のように思えた。だが、やり遂げてみせる――必ずやり遂げてみせる！ どんな言葉もフィリッパの耳に届かないよう彼女を注意深く見守るのだ。ありがたいことに記憶が空白になっている時間がある。その記憶が呼び戻されるような言葉を彼女に聞かせないようにしよう。

私は新聞の記事を破いて暖炉で燃やした。今、あの暗い日々を思い起こしてみると、この日は、私がもっとも繰り返したくないと思う一日だった。階段に足音が聞こえるたびに身震いし、窓の外で誰かが立ち止まった気配を感じるたびに背筋が凍った。こんな惨めな気持ちのさなかでも、私は、明るい顔を装い、フィリッパと母に旅の計画を楽しげに話さなければならなかった――無事に目的地にたどり着くまでは、旅の楽しさを味わうことなど夢のまた夢だというのに。

改めて言うが、私に共感できない読者は今すぐこの回想録を放り出してほしい。誰がこの回想録の善悪を判断できようか！ 私は法を犯し、明らかに犯罪と呼ばれるものを隠蔽し、何がなんでも犯人を救おうとしている。だが、その犯人はフィリッパなのだ。私の愛するフィリッパなのだ！ 私は、サー・マーヴィン・フェランドと一対一で対決し、あの男をならず者にふさわしく犬コロのように野垂れ死にさせることができるなら、自分の一命を投げ打つことも厭わなかった。そんな私がどうしてフィリッパを責められようか？　私自身が情け容赦なく行なったはずの行為を、フィリッパはいっときの狂気の中で行なったにすぎない。なぜこんな弁明をしているのだ？　私はフィリッパを愛している。それだけで充分ではないか！

夜が明けてきた。私たちの運命を決する使者は現われなかった。急いで新聞の残りの記事に目を通したが、この事件に関する情報はこれ以上はなかった。私たちは十時少し過ぎにチャリング・クロスに馬車で向かった。石畳の道路をガタガタ走る車輪の音を聞きながら、血液が体中を巡り、新しい活力がみなぎってくるのを感じた。ようやく安住の地を求める旅路についたのだ。

途中で銀行に寄りたかったので余裕を持って出発した。まとまった金を金貨で持っていくつもりだった。どんな紙幣でもすぐに足がついてしまうだろうが、一ポンド金貨ならそんな心配はない。小切手を換金するあいだ、私宛てに手紙がきていないか訊いてみた。銀行気付で手紙を送ってくる相手が何人かいたからだ。きちんとした身なりの出納係がそれを確認したあと、真鍮ワイヤの仕切りの下から、金貨の袋と一緒に女性の筆跡の手紙を一通渡してくれた。私は、時間のあるときに読もうと、手紙をポケットに入れた。

パリまでは、フォークストンとブーローニュのあいだを連絡船で結ぶ直行列車で行くことにした。旅日和といえる天気ではなかったが、私は道連れの女性二人に優しく接し、私の療養が名目となっている旅の辛さが少しでも和らぐよう、できるかぎりのことをした。旅慣れた母はすぐに旅に馴染んだらしかった。しかし、目的地に着くまで私がほとんど休まないつもりだとは、思ってもいなかっただろう。母は笑いながら、イギリスに帰ってきたばかりのお婆さんをこんな滅茶苦茶なやり方で引っ張り出すなんて、と抗議した。だがその声や素振りは、息子のためならもっと不快なことに耐えるのも厭わないと言っていた。

　私と同様、フィリッパもロンドンをあとにして気分が晴れてきたようだった。私は、明るい旅にしようと下手なジョークを連発し、彼女はその姿を見て微笑を浮かべた。どうにか安住の地へ旅立ち、私の振る舞いも出発前の数日とは比べものにならないほど無理のないものになってきた。私が南ヨーロッパの美しい風景について話すと――もちろん想像したものにすぎなかったが――フィリッパは興味深げに聞き入った。彼女にとって母国とも言える地を訪れるという期待から興味が湧いてきたのだろうと思い、私も嬉しさが込み上げてきた。私たちの人生には明るい未来が待ち受けていて、この数カ月の不快な記憶も永遠に消え去るかもしれない――フィリッパにこう言えたら、もっともっと明るい気分になれたのだが。

　あの朝、私たちを見かけた誰も、三人のうち二人が司直の手から逃れようとしているとは夢にも思わなかっただろう。一人は感じのいい落ち着いた年配のイギリスの女性、もう一人は息を呑むほど美しい若い女性、三人目が私だったのだから、疑いをかけるようなところはまったく見当たらなかったはずだ。

「でも、どこへ行くつもりなの?」母が訊いた。「どこが目的地かわからないで、あちこちさまよい歩くのはごめんよ」

「まずパリに行って、それからスペインへ向かいます。私の療養に必要な暖かさと陽光があるところならどこへでも行くつもりです。スペインで見つからなければ、アフリカへ渡りましょう。いざとなったら赤道までだって」

「そうなったら若い二人だけで行ってちょうだい。いくら私でも、ヨーロッパの外までは付き合いきれないわ」

　私はフィリッパに目を向けた。長いカールしたまつげが目を隠していたが、頬が明らかに紅潮している。フィリッパが私の願いに応えてくれる日もそう遠くはないだろう。あの夜の記憶を消し去ることさえできれば、フィリッパにつきまとう懸念も一切なくなるかもしれない。私だけが知っている秘密をフィリッパが永遠に思い出しませんように！

　フォークストンに近づいた頃、銀行で受け取った手紙のことを思い出した。胸ポケットから取り出して読もうとしたが、封筒にローディングの消印があるのを見て思い直した。ウィルソン夫人が私に手紙を送るかもしれないと言っていたのを覚えていたのだ。すぐに目を通したかったが、封を切るのが怖かった。ひとけのないところで読んだほうがいいだろう。手紙がどんなものであれ、フィリッパとサー・マーヴィン・フェランドにまつわることを書いてあるのは間違いない。

　まもなく私たちは汽船に乗り込み、船はいかりを上げた。この三週間の厳しい寒さは去っていたものの、海風が身を切るように冷たく、海峡を越える船旅は心地よいものにはなりそうもなかった。母とフィリッパには船のラウンジで過ごすように言い、私は誰にも邪魔されずに手紙が読める静かな場所を探した。手紙を読んで顔色が変わるのを見られたくなかったのだ。正解だった。冒頭の数語を目にして顔から血の気が引くのを感じた。手紙はいきなり次のようにはじまっていた。

＊

〈私はすべてを知っています。あの夜、サー・マーヴィン・フェランドがどうして私の家に来なかったかも知っています。彼女が妙に興奮していた理由も、なぜあなたの迎えを待たずに私の家を出たかも、サー・マーヴィン・フェランドが当然の報いとしてどのような最期を迎えたかも知っています。

彼女は私よりも勇気があったのです！　私が何年も前にやろうと決心したにもかかわらず、勇気がなくてできなかったことを彼女はやり遂げたのです。私は、あの人から受け取るわずかばかりの生活費のために――子どもたちのためとも言えますが――復讐をあきらめてしまった卑しい女なのです。私はあの人に利用されるだけの都合のいい女に成り下がっていました――あの人に言われるままに、あの人の妻だと信じている女性を私の家に迎え入れることまでしました。彼女は私よりも勇気があったのです。確かに彼女が受けた仕打ちは私よりひどいものでした。私は、古くなった手袋のように捨てられてもいい立場に自分を貶《おとし》めてしまいましたが、それは私自身の責任です――あの人は私とは結婚しなかったのですから。

妹さんのために――もしも彼女があなたの妹さんでしたら――心配することは何もありません。死ぬまで私は口をつぐんでいると伝えてください。勇気ある行動をした彼女のために、次のように話してください。

サー・マーヴィン・フェランドの最初の奥さんは、一八六×年の六月十八日に亡くなりました。あの人が妹さんと結婚する三カ月前に、リヴァプールのシルヴァー・ストリート五番地で亡くなったのです。ルーシー・フェランドという名前で墓地に埋葬されています。彼女の友人が生きていますから、あの人の結婚相手がルーシーだったことは簡単に裏づけられるでしょう。彼女の旧姓はキングです。あの人はルーシーがいやになり、二人は別居しました。二度とレディ・フェランドと名乗らないことを条件に、あの人はルーシーにまとまったお金を渡しました。あの人は、そのあとルーシーがどこにいるかわからなくなりましたが、私はそうではありませんでした。それから何年も、私はルーシーの死を願っていたからです。あの人が私と結婚してくれるかもしれないと思っていたからです。しかしルーシーの死が遅すぎて、私の望みはかないませんでした。私はルーシーの死をあの人に話しましたが、日付は変えました。どこで死んだかも教えませんでした。あの夜、あの人がローディングに来ようとしていたのは、私から情報を訊き出そうとしていたこともあったのです。けれど私は何も話さなかったでしょう――自分以外の女性があの人の妻になることがないようにしたかったのですから。

あの人はもう死んだのです。妹さんが望むなら、准男爵夫人としてレディ・フェランドと名乗ることも、あの人の財産を受け継ぐこともできます。勇気ある妹さんにそのことを伝えてください。私を怖れることは何もありません。私は死人のように黙っていますから〉

第八章　逃避行

私はウィルソン夫人の手紙を――嬉しさと疎ましさの感情が奇妙に混じり合うのを感じながら――何度も読み返した。だが、前者のほうがはるかに強かった。ウィルソン夫人が秘密を漏らさないという約束を守ってくれるなら、フィリッパに疑いがかかる危険は消えてなくなる。サー・マーヴィン・フェランドが死んだ夜、不当な仕打ちを受けたことで自分を見失った女性が――あのならず者の裏切り行為によって幸せな人生を奪われた女性が――自分の家から出て行ったという事実を警察に訴え出るのは、ウィルソン夫人のほかにはいないはずだ。感情の激しい女性が一時的な精神錯乱に陥り、無意識のうちにあのような報復行為に及んだのは明らかだが、少なくとも私はフィリッパには責任がないと考えている。恐れている唯一の人物が沈黙を守ると確信できるなら、ロンドンに戻ったほうがいいだろう。怯えるものなど何もない。私は心が揺れた。やはり逃亡には後ろ暗さがつきまとう。ウィルソン夫人の約束を信用し、次の船で同行者と一緒にブーローニュから引き返すべきだろうか？

いや、それは絶対にできない！　私にとって何よりも大事なフィリッパの幸せを、感情に流されやすい女性に――自分自身もひどい仕打ちを受けて復讐することすら考えた女性に――委ねることなどあってはならない。明日になればあの女は考えを変え、私たちの安全を約束するどころか、私たちを追跡するよう仕向けるかもしれない。信じられるのは自分だけだ。

愛しいフィリッパのために嬉しかったのは、ウィルソン夫人の記した日付が正しいなら、フィリッパはあの男の正式な妻だったと知ったことだ。とはいえ、この事実によって、一瞬たりともサー・マーヴィン・フェランドの罪が軽くなるわけでもなかったし、私が彼に対していだく侮蔑と憎悪の念が和らげられるわけでもなかった。そんな些細なことで、私から見たフィリッパの立場が変わったわけでもない。正式に結婚していようがいまいが、フィリッパは一人の女性が体現できるすべての魅力を備えている。あのならず者の策略のせいで、人々の目に恥をさらすような羽目に陥《おとしい》れられたとはいえ──無意識のうちにあの男の血で自分の手を汚す羽目になったとはいえ──私にとって、フィリッパは修道女のように純粋で子どものように無垢な存在だった。

それでも私は、フィリッパのためにその事実を知って嬉しかった。正式な妻だった証拠を彼女に示せるときがきたなら──価値のない名前であっても彼女が夫の姓を名乗ることを望み、蔑《さげす》まれる不安なしに世間に顔向けできるということになるなら──フィリッパは自尊心を取り戻し、疾《やま》しいところなど何ひとつない女性として堂々と生きていけるだろう。フィリッパは、誇り高く情熱的でありながら、いかにも女性らしい女性だった。魅力的な女性によく見られるようにまろやかな感性を持ち、恥に対して繊細な怖れをいだいている女性だった。

しかし、いつ、このことをフィリッパに伝えられるだろう？　それを伝えるとなると、夫が死んでいることも明かさなければならない。そうなるとどうしても彼の死についても話さざるを得なくなる。それによって何が起こるかと思うと恐ろしくなる。間違いなく、劇的な状況の変化はフィリッパに何かをもたらすはずだ──あの夜の記憶と恐怖が呼び戻されるに違いない。そればかりか、狂気の中で自分が何をしたかを思い出してしまうだろう。そんな危険を冒すより、非情ではあるが彼女が恥だと思い込んでいる心の重みに耐えてもらっているほうがまだましだ。私がしなければならないのは、サー・マーヴィン・フェランドはいまだに生きていると——かつて死ぬまで愛しつづけると偽りの誓いをした女性のことなどすっかり忘れて元気で暮らしていると——彼女に思わせておくことだ。あの忌々しい男のことを思い出して私は悪態をついた。

自分が捨てた愛人の一人にフィリッパをあずけるというのは、彼一流のシニカルなやり口だった。それを受け入れたウィルソン夫人にも、そこまで身を落とすことができるのかと呆れかえった。彼女の手紙の内容にかかわらず、私はウィルソン夫人を信用できる女性ではないと思った。あんなふうに、愛人だった男の思いのままに利用されるような女性は、誇りというものをすっかり捨ててしまったに違いない。そんな女とそんな男は、卑しい人間という点では似たり寄ったりだろう。

それでも彼女の手紙は私の心から重荷をひとつ取り除いてくれた。しばらくのあいだは捜索されることはなさそうだ。とはいえ、危険を冒すことは避けたほうがいい。私はなんとしても先を急ごうと決心した。スペインとの国境を越えてしまえば、安心して眠りにつくことができる。

私は、最初のレディ・フェランドの死に関する調査をしばらく先延ばしすることにした。いつの日かすべてがうまくいったところでイギリスに戻り、フィリッパの結婚の正当性を証明する書類を手に入れることにしよう。急ぐことはない。フィリッパが引き継ぐべき財産はあるはずだが、私がそれを受け取るべきだと勧めても、彼女はあの男のものだった金には一ペニーたりとも手を触れようとはしないだろう。

こう記すと、私がかなり長いあいだ、あれこれ考えていたように見えるだろう。実際、それはあなたが想像するよりもはるかに長い時間で、汽船がブーローニュ港に入ったときもまだ考えにふけっていた。私は母とフィリッパを探しに行った。二人とも気持ちよく旅していたようで安心した。私たちはすぐに列車に乗り込み、途中特筆するようなこともなく、午後八時にパリ北駅に降り立った。

私たちは明るく照らされた通りを馬車でホテル・デュ・ルーブルまで行った。旅の汚れを落とした母は、ディナー・テーブルに着き、満足そうに吐息をついた。良識ある女性らしく、母は人生の楽しみをないがしろにはしなかった。広いカフェ・ルームには他にも遅いディナーをとる人たちがいたが、ほとんどの人が顔をこちらに向け、私の右隣に座った美しい若い女性に見とれていた。日を追うごとに健康と活力を回復しつつあったフィリッパには、以前のたおやかな美しさが戻ってきていた。近いうちに、どこから見ても昔のフィリッパになるだろう。

「バジル、パリにはどれくらい滞在するの?」母が訊いた。

「今は九時半です。翌朝の列車は八時四十五分に出発しますから、計算してみてください」

「そんな馬鹿な! パリは何年ぶりかなのよ。お店も見てみたいわ。フィリッパもそうじゃないかしら?」

「お母さん、男というのは——女はもっとかもしれませんが——パリでぐずぐずしていると我を忘れてしまうのです。どこか他に行くところがあるなら、唯一の方法はそこにまっすぐ向かうことです。そうしないとそこまで行き着けなくなってしまいます。私も経験したことがありますから、そんな危険を冒すつもりはありません」

「だけど、私たちがか弱い女性であることも忘れないでね。不憫《ふびん》なこの子はまだ元気が戻っていないのよ」

母はフィリッパに微笑んだ。〝不憫なこの子〟という愛情あふれる言い方に、フィリッパは目で感謝の気持ちを伝えた。

「無茶なことを言わないで、バジル」母はつづけた。「せめて一日は休ませてちょうだい」

「一日だって無理です。付き人を雇って、旅をできるだけ快適なものにしますから」

母はだいぶ気分を損ねたようで、私に滅茶苦茶だと文句を言った。私があの手紙を受け取っていなかったら、心地よいホテルで一泊することもなく、今頃はオルレアン鉄道の駅まで馬車を走らせ、南に向かう列車に飛び乗っていたはずだ。それを知ったら、母は何と言っただろう？ 母は――そしておそらくフィリッパも――私たちが何から逃げているのか知らないのだ！

先を急ぐ理由を母に説明しなければならないようなので、付き人の手配に行く前にもう一度母を部屋から呼び出した。

「パリに留まるのはフィリッパのためにもよくありません」私は言った。「彼女が顔を合わせるとまずい人物が、ちょっと前までこの近くにいたのです」

嘘をつくことに自責の念を感じたが、どうしようもなかった。ああ！ 私の人生は、何を探られようと後ろめたいところなどなかったのに、今では嘘で塗り固められたものになってしまった。果たしてふたたび本当の自分に戻れる日が来るのだろうか？

母はそれ以上の抵抗はしなかった。私は付き人を手配した――髭をたくわえた、なかなか威厳のある男で、流暢とはいえないがヨーロッパのあらゆる言語を話した。私は付き人に、翌朝からの旅についてすべての手配をするよう言いつけ、少しばかりの手荷物を除いて荷物を全部まとめ、ブルゴスまでチッキ便で送るよう指示した。特に理由があってブルゴスを選んだわけではない。ゆっくり休息をとるのに適した最初の場所のように思えたからだ。

翌日の旅は退屈で疲れを感じさせるものになった。同行の二人は前日の疲れが抜けきらないようだった。私は、これでいくらかはフィリッパの安全を確保できたと思うと、その反動ですっかり気が抜けてしまった。当然だ！　この二週間、心身ともにどれだけ緊張を強いられてきたかを思い起こして身震いした。私は物憂げな表情で不機嫌そうに座っていた。あたりは霧と靄《もや》に包まれている。急行と称されるこの列車は、フランスの鉄道らしくいつものようにゴトゴト音を立てながら重々しく進んで行った。オルレアン、ブロワ、トゥール、ポワティエ、アングレーム、クートラなどの駅がまるで夢のように通過していった。一日が気だるくのろのろと過ぎていき、やがて夜が訪れた。ボルドーでその日の旅が終わると、三人とも心の底からホッとした。

ガイドブックが好きな母は、いつのまにか旅行鞄から取り出したマレー社のガイドブックを読んで気を紛らせている。ボルドーに泊まる予定だとわかっていたので、どこを見学しようかと目星をつけていた。旧市街にある興味深い十五世紀の木造高層建築、美しい尖塔で名高いボルドー大聖堂、長い歴史を持つサン・クロワ大聖堂とサン・スラン大寺院などの、好奇心をそそられる名所を見てまわるつもりなのだ。翌朝いちばんに旅を再開すると言っても、なかなか同意してもらえそうもない。あくまでもわがままな態度で、病人特有の気むずかしさと押しの強さを装って母を説得しなければならないだろう。フィリッパまでもが、そんなに急がないよう懇願し、母に無理をさせているのではないかと言い張った。しかし私は譲らなかった。できるものなら、夜行列車に乗ってでも先を急ぎたいくらいだった。ともあれ、あと数時間で国境を越え、安住の地に足を踏み入れるところまでたどり着いたのだ。避けられる災いはできるだけ避けたほうがいい。

というわけで、朝早く、私はまだ暗いうちに二人を伴って駅に向かった。母は私の頭がおかしくなってきていると感じているようだった。楽しい旅になるのに、どうしてこんなに無理しなければならないか理解できないとあからさまに不満を言った。どんなことをしようと、この旅は私を楽しませてはくれない、ということを母は知りようもなかった。フィリッパがときどき、いかにも興味ありげな優しい眼差しで私を見つめていることがわかっても――私がそんな視線に気づいていることを知り、彼女の頬が紅潮するのを目にしても――私の不安が打ち消されることはなく、旅を楽しむ気にはなれないことを母は知らないのだ。

列車は耐えがたいほどゆっくり進み、うんざりするほどたくさんの駅に停車した。冬ではなく夏だったとしても、何の興味も覚えないような田園風景がどこまでもつづいた。五時間近くのろのろと進んだあと、ようやくバイヨンヌに着いた。そこは、堅固な要塞を持ち、高くそびえるピレネー山脈が私たちを歓迎してくれる町だった。あと二時間足らずでスペインだ。

ふと私は、奇妙な予感に襲われた――そのときの恐怖を伴う予感があまりにも強烈だったせいで、それ以来、予感というものを信じなくなったほどだ。おまえがこれまでしてきた努力はすべて無駄だ、と何かが語りかけてきたような気がした。国境の検問所に何らかの情報が入っていて、私たちは逮捕されることになる。安住の地に一歩足を踏み入れたと思ったとたん、フィリッパは捕らえられてイギリスへ連れ戻され、殺人の罪で裁判にかけられて恐怖と恥辱にさらされることになる、と告げている。そのあとの展開が示しているように、それは馬鹿げた妄想だった。あまりにも緊張を強いられた私の神経がそんな妄想をつくり出しただけなのだろう。

私は真っ青になり、全身がぶるぶる震え出した。それを見て、同行者たちはひどく心配した。ブランディーを持ってきていたので、適量を注いでもらって飲んだ。しばらくすると落ち着いてきた。恐怖はまだ消えていなかったものの、火あぶりにされようとしている先住民の英雄のように、国境で起こるだろう事態に平然と立ち向かう覚悟を決めた。できるだけのことはやった。最後の瞬間にどんな異変が起ころうと、少なくとも私はそれを避ける方策をすべて講じてきたのだ。

列車は、陽光が燦々と降り注ぐ海水浴場で知られるビアリッツを過ぎ、国境のフランス側の駅アンダイエを通過した。左手にそびえるピレネー山脈を望みながら、イルーンに到着し、すべての荷物を厳しい検査の目にさらさなければならなかった。スペインに着いたのだ！　誰にも声をかけられなかった。こちらを監視している不審な人間もいない。列車は長い時間停車していた。税関の役人がイライラするほど念入りに自分の職責を果たしている。だが、堂々とした風貌の付き人が煩わしい手続きをすべて引き受けてくれた。ようやく私たちは、軌間の異なる線路を走る別の列車に乗り換えた。標準時間も変わった。よくは覚えていないが、マドリード時間になって二十分ほど遅くなったか早くなったはずだ。ついにスペインの大地に降り立ち、愛する人を救ったのだ！　司直の手から救い出したのだ――次はフィリッパを彼女自身の呪縛から解き放たなければならない。フィリッパは絶対にあの暗い夜の秘密を知ってはならない。これからは南の地へ向かう――太陽が輝き、色鮮やかな風景が広がり、明るい光が満ちあふれ、花々が咲き乱れる南の地へ。すべてを忘れよう。私の心からも暗い記憶を消し去ろう。夢を見ていたのだ。私はフィリッパの愛を勝ち取る――ほとんど私のものになりかけている彼女の愛を。私たちは、明るい太陽が照らす地で、命が尽きるまで暮らすのだ。くすんだ色に包まれた、暗く気の滅入るようなイギリスに執着しても仕方がない。私たちには若さ、富、そして神に祝福された言葉〝愛〟があるではないか！　愛するフィリッパと私の行く手には、優しさと喜びに満ちた長い長い年月が待ち受けている。暗い陰鬱な日々の記憶を振り払い、明るく楽しく暮らすのだ、バジル・ノース。私たちは運命に打ち勝ったのだから。

サン・セバスティアンを通過した。列車はウルメア川の渓谷をのろのろとあえぐように登っていった。荒々しい自然に囲まれた壮大な眺めだ。かなりの標高のところを走っていて、はるか遠くの渓谷の風景が垣間見えた。ようやく私は、ミランダを過ぎるまでつづく素晴らしい風景を楽しむ余裕ができた。

スペインに入って気分もすっかり変わった。私は笑いながら冗談を言うようになった。停車した多くの駅のいずれも、気分のよくなった私に楽しみの種を提供してくれた。しかつめらしいスペインの鉄道員を目にしては笑い、家柄のよい下級貴族が食い詰めて、こうして働くようになったのだろうと、その悲しい運命を勝手に想像して同行者に話したりした。私は列車の遅さには不平を言わなかった。スペインの列車に乗ると、大抵の旅行者は、評判の悪いフランスの列車でさえこれに比べたら光のように速く感じると言ってため息をつきたくなる。しかし私にとって、もはや時間はどうでもよかった。私には――そしてフィリッパには――一生分の時間があるのだから。私の陽気さはまわりに伝染した。母は涙が出るほど笑い、フィリッパも微笑みを浮かべた。その微笑みは、長いあいだ途切れていた友情が、あのような悲しい状況で再開されてからは目にしたことのないものだった。

スペインを旅行したことのある読者は、私たちのコンパートメントには他に誰も乗り合わせていなかった、と私が言っても信じないだろう。マントを着たスペイン人が、いかにもスペイン人らしく、かまどのようにタバコの煙を吐きながら、両側の窓を閉め切っておくよう言い張って、私たちを困らせることもなかった。付き人に何とかするよう頼んでおいたのだ。彼の話によると、ここではどんなことでも金で片がつくのだそうだ。かなり吹っかけられそうで心配だったが、うまくいったらしく、私たちは誰にも邪魔されずに旅をつづけることができた。

何時間かが過ぎていった。母は眠っていた。あるいは眠ったふりをしていたのかもしれない。私はフィリッパのそばに座り、薄いヴェールをかぶせた愛の言葉をささやいた。フィリッパは返事をしなかった。私もそれを期待してはいなかったが、彼女は目を伏せて頬を赤く染めた。フィリッパはため息をつき、愛らしい口元に悲しげな微笑みを浮かべた。何かを悔やんでいるかのような微笑みだった。ため息と微笑みは、彼女が私を理解していることを示していた。しかしそれはまた、私の願いが叶うこともないと言っていた。自分の過去に彼女自身が赦されることはないと言っていたのだ！　それでもフィリッパは、私の手を握ったままだった。今の状況を考えてあえて口にはしなかったが、そのとき私は、この間《かん》の長い月日のなかで初めて幸せを感じていた。

私にとって、列車の旅は終わるのが早すぎたくらいだった。夜になってブルゴスに到着した。昔はカスティーリャ王国の首都だった町だ。私は頭を枕にあずけ、心行くまで眠りを楽しんだ。降りしきる雪の中、フィリッパが私の家の窓の外に立ち、私が生きるための何かを――私の希望となる何かを――私に与えてくれたあの夜以来、初めて穏やかな眠りについたのだった。

第九章　安住の地——そして愛されて

スペインで安住の地を得て、フィリッパが逮捕される可能性はなくなった。彼女に疑いがかかるようなことがあっても、単なる容疑にすぎないのだから、〝国際礼譲〟を律儀に守りそうもないこの国から追放されることはまずないだろう。そのあとの二カ月に何があったかは、ざっと触れるだけにしておこう。詳しく記したところで、よくあるスペイン旅行記とあまり変わらないものになってしまう。私にとってイギリスからの逃避行は、熱に浮かされたように襲ってくる不安と、いつ何が起こるかわからないという耐え難いほどの恐怖を伴うものだった。しかし今、こうして女性二人を連れて名所をまわるというありふれた観光客の立場になってみると、この旅が、どこにでもある観光旅行のように思えてきた。実際、そのときの私たちは傍目には観光客そのものだった。

私たちはブルゴスからバリャドリードへ行き、そこからマドリードへ——乾燥していて見るべきほどの風景もない厳しい気候の高原都市へ——移動したが、長くは留まらなかった。厳冬のイギリスを逃れてきたというのに、マドリードの寒さに耐える理由もなかったからだ。すでに私は病人のふりをほとんどしなくなっていた。だが、暖かさを求めて強引に二人をここまで連れてきたのだから、スペインの首都にこのまま留まるというのはどうみても理屈に合わなかった。マドリードを離れて南に向かい、私はようやく胸をなでおろした。フィリッパは心身ともに健康を取り戻したように見えたが、マドリードにいるあいだ、私は彼女のことが心配でならなかった。愛する人がこの町で休息することになったら誰でもそうなるだろう。ここは、グアダラマ山脈から吹きおろす狡猾で悪意に満ちた冷たい風が――病気と死の種を潜ませてじわじわと人の身体を蝕む強風が――町中に吹きつける都市なのだ。

私たちはゆっくり南に進み、気の向くままにあちらこちらに立ち寄り、心行くまでそこに留まって名所を見てまわった。急ぐこともなく快適な旅を楽しんだ。マラガに数週間過ごし、香りに満ちた爽やかな空気を満喫した。グラナダでは過ぎし日のムーア人の栄華をしのばせる興味深い遺跡をのんびり見てまわり、何日も滞在してからようやくその地を後にした。私はずっとこの目で見たいと思っていた未知の世界にいた。そしてついに――ちょうど四月の終わりで、バラが咲き誇り、北の国では見られないほど草木が一斉に生い茂るときに――私の心の中でこの放浪の旅の終着地と思い定めていた都市に向かった。スペイン的なものとムーア的なものがほどよく調和した美の極致ともいえる都市――ロマンに満ちて光り輝く美しい都市――セビリアだ。花で飾られた家々、オレンジやオリーブの果樹園、草木が豊かに生い茂る庭園、曲がりくねった細い小道、ムーア人が遺した城壁、おびただしい数の尖塔、あらゆるものを睥睨《へいげい》するかのようにあたりに影を落としてそびえ立つヒラルダの塔。ここには私が求めるすべてがあるように思えた。

セビリアには霧深いイギリスを離れる口実として挙げたすべて――太陽、温暖な気候、鮮やかな色彩、あふれんばかりの明るさ――があった。愛しいフィリッパが、辛い過去を忘れられる場所がこの世にあるとするなら、この地をおいてほかにないだろう。ここで私たちの新しい人生をはじめるのだ！

まばゆくきらめく麗しのセビリア！　私と同じく、母もフィリッパも、この場所の魔法のような魅力の虜になった。実際、ここを訪れた人なら誰でもそうなるだろう。二人が賛成してくれたので、期限を決めずにここに滞在することにし、住居を探すことにした。今では三人ともホテル暮らしに飽き飽きしていて、我が家と呼べるところに住みたくなっていたのだ。適当な家を見つけ出すのに苦労したが、どうにか家具つきの家を借りることができた。実に快適な住まいだった。

細い小道から——セビリアでは日陰をつくるために細い小道が欠かせなかったのだが——繊細な透かし模様の鉄の門を抜けてスペイン人が〝パティオ〟と呼ぶ白い大理石の敷き詰められた大きな中庭に出る。明るい色の日除けが家から張り出している場合もあるが、大抵は頭上に天空が広がっている。隅々までオレンジやさまざまの花々の甘い香りで満たされ、キョウチクトウがまばゆく陽光を照り返し、噴水のささやくような音が耳に心地よく響くところだ。壁に沿って、彫像、美しい美術品、絵画、鏡などが置かれている。どの家の居間も、この涼しげな夢の国のような中庭に面していて、セビリアの人々は一年のうちの何カ月ものあいだ、目覚めている時間のほとんどをパティオで過ごしていた。パティオのほかにも、大きくはないが見事な庭園のある家もあって、そこにも選りすぐりの珍しい花々が咲きこぼれている。どうしようもないほど偏屈で、イギリスの霧に愛着がある人間でもなければ、誰でも、趣のある美しい景観のセビリアにそんな家を持ちたがるだろう。

そのような環境に——享楽的な生活にふけったシバリス人のような環境に——身をおき、すっかり忘れたわけではないが、私の悩みはもうすぐ終わるだろうと自分に言い聞かせ、安らぎの時を持ったとしても、誰が私を責められようか？　パティオで何時間もくつろぎ、芳しい香りに満ちた心地よい雰囲気の中で、フィリッパの美しい顔を眺めながら心の中に自分の城を築いていったとしても、何の不思議があろうか？　ときどき彼女の黒い目と視線を合わせ、私の心臓をときめかせる彼女の思案げな眼差しに――私に愛を感じていると思えるような眼差しに――時折ドキッとしながら、私はその城を築いていったのだった。

しかしそのあいだに何度も、青白い死に顔を雪が覆っていく夢を見たのも事実だった。そのたびに「罪の報いを確かめるまで――もっと、もっと先に！」というフィリッパの狂ったような叫び声が夢の中で響き渡り、全身を震わせながら目を覚ました。だが日中、日陰で心地よく休息しているときは、私を悲嘆と恐怖に連れ戻そうとするあらゆる記憶と不安をほとんど払いのけることができた。

日を追うごとに心地よさが増していった。毎日がフィリッパと過ごす日々だった。私たちはアルカサル宮殿の素晴らしい庭園を何時間も散策したり、ラス・デリシアスの木陰を馬車で通ったりした。ガイドブックで、セビリアに行ったらぜひ訪れるべきだとされているイタリカなどの名所にも足を伸ばしてみた。だが私たちの家のまわりで見られる日常の景色にこそ、お決まりの名所のどこにも負けない喜びがあった。土地の人々を眺めるのは楽しかった。どの道端でも、アンダルシア人の黒い目の子どもたちが元気に走りまわっていて、私たちの心をなごませてくれた。セビジャーナスを踊る人々の身のこなしが驚くほど優雅なことにも感心したが、それ以上に私は、もっとも優雅な身のこなしでさえフィリッパとは比べものにならないと改めて思った。日除けを張り出した店が並ぶシエルペス通りをそぞろ歩きしながら、興味をそそられた窓のない小さな店を見ては笑みを浮かべた。何もかもが物珍しく、鮮やかで、いにしえの世界の伝統を思わせるものであふれている。こんなセビリアにすっかり魅了されたおかげで、しばらくのあいだ辛い記憶を頭の隅に押しやることができたのも不思議ではない。

フィリッパはどうだったろうか？　時折、辛い記憶が甦ってきて悲しげな顔になったり、心配そうに問いかけるような表情で私の目を覗き込むことがあった。今にも彼女の口から、何かを問う言葉が飛び出すのではないかとハラハラさせられることもあった。それでも私は、フィリッパがまったく不幸せでいるとは思わなかった。どうしてもそうは見えなかった。フィリッパの顔に微笑みが——穏やかで考え深げだったが、確かな微笑みが——浮かぶことがしだいに多くなっていった。その微笑みはごく自然なもので、私の確信はさらに深まっていった。過去を思い出すことがなければ——幸い今は空白となっているあの夜の記憶を埋めるものがなければ——フィリッパが自分を幸せだと言える日が来るのもそう遠くないだろう。そうなのだ！　あの致命的な情報を彼女に永遠に知らせてはならないのだ！

こんなふうに私は、平穏で幸せそのものと言える日々を過ごした。やがて、思いきって三度目の愛の告白をする日が——今度こそ彼女も私の言葉に応えてくれるだろうと思える日が——訪れた。私は確信していた。この何日ものあいだ、フィリッパの目がますます明るくなり、深刻に考え込むような表情が消え、私が近づいたときの様子もすっかり変わったのを見てきたからだ。そうした姿から、私にとって人生の最高の瞬間がもうすぐやってくると感じた。

ここで少し立ち止まって考えてみよう。私は、この世のクズのような男に、そうとは知らずに裏切られた女性と——裏切られたと思っている女性と——結婚したいと願っていることについて、弁明して自分を貶《おとし》めるつもりはない。そんな弁明が必要だと考えるような人々とわかり合えることなど何ひとつないからだ。フィリッパの結婚が正当なものだったというウィルソン夫人の言葉は、本当かもしれないし嘘かもしれないが、私の印象では本当だろうという気がしていた。フィリッパにはあの男の忌まわしい姓を名乗る権利があるだろうとも思った。だが私にとって、フィリッパがレディ・フェランドであろうと、裏切った男を信じてしまった女性であろうと、そんなことはどうでもよかった。フィ、ハ、ハ、ハ、ハ、ハ、リッパはフィリッパだ！

私が結婚しようとする意図――私がある女性と結婚したいという願望――について、私が言うべきことはこのひと言に尽きている。確かにフィリッパは、彼女をもてあそんだ男を殺した。しかしそれは正当性を主張できる一時的な錯乱によってなされたものだ。私は、こうしてこの回想録を世間に示しているが、小説を書いているわけではない。私自身の体験をありのままに語っている。そうするだけの価値があると思える物語を綴っている――情熱を傾け、ただひたすら純粋に、ある女性を愛した男の物語として。フィリッパへの愛がそれだけ深いものなのだから、私は真実を語ることを恥ずかしいとは思わない。正気のフィリッパが裏切り者に銃を向け、その邪悪な心臓を撃ち抜くところを目にしたとしても、今もこうして心から望んでいるように、そのときの私がこう言ったとしても、少しも恥じることはなかっただろう――「正義がなされただけのことだ。この行為そのものは残念なことではあるが、私は情熱を込め、彼女にうやうやしく愛の告白をするつもりだ」と。

もう一度言おう。私を非難するなら、この本を今すぐ閉じてほしい。

フィリッパは目を閉じたり開いたりしながら、この時間はいつもそうしているように、パティオで椅子に座ってくつろいでいた。片手にオレンジの小枝を持ち、ときどきその芳しい花の香りを嗅いでいる。だが、わざわざそんなことをするまでもなかった。大理石が敷き詰められたパティオの真ん中にある大きなオレンジの木から放たれる香りで、あたりの空気は満たされていたからだ。フィリッパは一人だった。少なくとも本人はそう思っていた。私は少し前にタバコを買おうと中庭を離れていたし、母は外気に半分さらされた暮らしは馴染めないと言って応接間で昼寝をしていた。フィリッパの輝くようにあでやかな姿——もたれかかった白い大理石に映えてさらに赤みが増した頰——伏せられた目にかかるカールした長く黒いまつげ——静かに波打つ胸——を目にして、私の運命はこの瞬間で決まるだろうというインスピレーションを受けたような気がした。なんて愚かだったのだ！　フィリッパが口にする言葉を承知していながら、どうして私はもっと早くそれを聞こうとしなかったのだろう？

私はフィリッパのそばにそっと忍び寄り、彼女の腰に手をまわして抱き寄せ、情熱的な愛の言葉を彼女の耳元でささやいた——その自信に満ちた言葉に自分でも驚いたが、今度こそ長年の愛が報われるという手ごたえがあった。

フィリッパは身体を離そうとしなかった。私を振り払おうともしないで、抱かれたまま木の葉のように震えている。フィリッパは絶望感をただよわせて深いため息をついた。黒い目に涙があふれている。私はさらに強く彼女を抱きしめて何度も頰にキスをした。この瞬間に命が尽きたとしても、私は、自分の人生は無駄ではなかったと言っただろう。

「フィリッパ」私はささやいた。「私の女王、私の愛する人、今こそ私を愛していると言ってください」

フィリッパは黙っていた。目から涙がこぼれ落ち、頰を伝って流れた。私は頰にキスをして悲しみのしるしを拭い去った。

「愛しいフィリッパ」私は言った。「私のキスを受けてもらっただけで答えになっています。だけどこんなに長く待ったのですから——ずっと切ない思いをしてきたのですから——私と目を合わせ、私を安心させてください。私は、あなたの〝愛している〟という言葉が聞きたいのです」

フィリッパは涙で潤んだ目で私の目を見つめていたが、長くはつづかず、足元に視線を落として黙っていた。しかし私の腕に抱かれていることは拒まなかった。私にはまさにそれが答えのように思えた。

だが私は、どうしても彼女の口からその言葉を聞きたかった。「言ってもらえませんか、フィリッパ――一度でいいからその言葉を言ってもらえませんか」私は祈るように言った。

彼女の唇が震えた。胸が大きく波打っている。顔の赤らみが頬から白い首筋にまで広がっていった。

「そうします」フィリッパはささやくような声で言った。「申し上げるのが遅すぎました。私はあなたを愛しています」

私は狂ったような笑い声をあげ、フィリッパを胸に抱き寄せた。

「遅すぎるだって！」私は声を張りあげた。「これから五十年も幸せに暮らせるのですよ」

「遅すぎるのです」彼女は言った。「あなたのお気持ちに応えようと、愛していると申し上げたのです。愛しいバジル、一度だけキスをしましょう――それからさよならを言って、私を忘れてください」

「いつの日か、死が、私たちのどちらかの目を閉じる時がきたら、さよならを言います――その日が来るまでは言いません」私がそう答え、私たちは長く甘い口づけを交わした。

やがてフィリッパは吐息をつきながら、優しく、しかし意を決したように私の腕をほどいて立ち上がった。私たちは大理石の敷石に立ち、向かい合って互いの目をじっと見つめた。

「バジル」フィリッパは静かに言った。「すべて忘れましょう。さよならを言って、明日お別れしましょう」

「フィリッパ、私たちの人生は今からひとつになるのです」

「それはできません。許してください、バジル！　あなたは優しくしてくださいました。でも、無理なのです」

「どうしてなのですか？　教えてください」

「どうしてかですって！　私に訊くまでもないと思います。あなたは由緒ある立派な家柄の方です。私は見てのとおり——恥さらしの女なのです」

「辱めを受けた女性とは言えるかもしれませんが、決して恥さらしなどではありません」

「ああ、バジル！　世間では〝辱めを受けた〟と〝恥さらし〟は同じ意味なのです。あなたはお兄さんとして私に接してくださいました。困っていたときに、私はあなたのところに行ったのです。あなたは私の命を救ってくださいました——私を正気に戻してくださいました。もう一度優しくしてください。あなたを苦しめる苦痛を私が味わわずに済むようにしてください」

表情からも、言葉からも、身振りからも、フィリッパが懇願しているのが伝わってきた。ああ！〝あなたは間違いなく、あの死んだ男の正式な妻なのだ〟と彼女にどれほど言いたかったことか！喉まで出かかったその言葉を押しとどめた。言うわけにはいかない。結婚が正当なものだと伝えるなら、夫の死についても話さなければならないし、どのように死んだかも話さなければならなくなるだろう。

「フィリッパ」私は言った。「私が幸せになれるかどうか、私の願いが叶うかどうかは、あなたが妻になってくれるかどうかにかかっているのです。考えてください、愛しいフィリッパ、プロポーズする資格がなかったときの私の人生がどれだけ惨めなものだったかを！　愛されていると知りながら結婚を断られたら、私の人生がどうなってしまうかを！　私はあなたに誠実でしたか、フィリッパ？」

「とても誠実に接してくださいました」

「それなら、私を愛しているのに、どうして私の願いを拒むのですか？」

「どうか許してください！――無理なのです。私にはそうすることができないのです。バジル、愛しいバジル、どうしてあなたのように立派な方がサー・マーヴィン・フェランドに棄てられた女と――愛人と――結婚する必要があるのですか？　世間の目にさらしたら恥をかくような女を、どうして妻にしようとするのですか？」

「恥をかくですって！　世間の目ですって！　あなたのいない世界に何の意味があるのですか？　私にとってはあなたがすべてなのです、フィリッパ。あなたは私を愛してくれている――それだけで充分ではないですか？　来週の今頃までに結婚しましょう」

「駄目です、絶対駄目です！　愛する人を貶《おとし》めるようなことはできません。バジル、永遠にお別れしましょう！」

　フィリッパは両手を握りしめ、逃げるように早足で家へ入ろうとした。ドアを開きかけたところでフィリッパに追いついた。「ひとつ約束してください」私は言った。「私が戻ってくるまでパティオで待っていると約束してください。五分もかかりません。それくらいなら待っていてくれますね、フィリッパ」

　フィリッパは了解したしるしにうなずいた。私は家の中に入り、二、三分後に母を連れてパティオに戻った。母は驚いた様子でフィリッパに目をやり、それから私のほうを向いた。

「いったいどうしたの？」母は明るく笑いながら訊いた。「若い二人がけんかでもしたの？」

フィリッパは答えなかった。両手の指を絡み合わせ、うつむいて立っていた。

「お母さん」私は言った。「今日、私は、フィリッパに妻になってほしいと言いました。私の幸せはひとえにそれを承諾してくれるかどうかにかかっていると告げたのです。何年ものあいだ、私はフィリッパを愛していました。そして今、彼女も私を愛してくれています。そうです、彼女も私を愛しているのです」

母は小さく喜びの声をあげ、フィリッパのほうに一歩踏み出した。私は母を制した。

「私はフィリッパを愛しています。フィリッパも私を愛しています」私はつづけた。「それなのにフィリッパは、結婚を拒んでいるのです。なぜだと思いますか？　彼女は由緒ある家名を汚《けが》すことを恐れているからなのです。フィリッパの過去をご存じですね。私の母親なのですから、あなたは世間の誰よりも家名を傷つけないことにこだわるはずです。私の妻に誰を選ぶか、あなたからフィリッパにその名を告げてください――」

私はそれ以上は何も言わなかった。母は両腕を広げて進み出た。次の瞬間、フィリッパは母に抱かれてすすり泣いていた。母がフィリッパの耳元で何かささやいている。私には聞き取れなかったが、何を言っているかは察することができた。母の寛大な心を信じた私はやはり正しかった。

「しばらく二人だけにしてもらえないかしら、バジル」母は言った。フィリッパはまだ母の肩で泣いていた。「十五分経ったら戻ってきてちょうだい」

私は二人に背を向け、パティオを覗かれないように置かれたついたてを通り過ぎ、鉄の門を抜けて狭い小道に出た。のんびり歩くいかめしい男たちや黒い目の女たちが行き交い、腕白そうな子どもたちが楽しそうに遊んでいる。果てしなくつづくように感じられた十五分が過ぎ、家に戻った。そして私は、優しい母のおかげで私の願いが叶ったことを知った。

母とフィリッパは互いの身体に腕をまわして座っていた。フィリッパは、私がパティオに入ると目を上げ、はにかみながら幸せそうに私を見つめた。母は立ち上がってフィリッパの手を取った。

「バジル」母は言った。「ようやくフィリッパを説得することができたのよ。私はこう言ったの――バジルと私は、少なくとも世間のどこにでもあるつまらない因習にはとらわれていない。事情はすべてわかっている。あなたが息子の妻になるのを妨げるものは何もない。とても素晴らしい女性だというそれだけの理由で、他の女性ではなくあなたが息子と結婚することを願っている――って。フィリッパは私を信じてくれたと思うわ、バジル」

愛にあふれた優しい母親の眼差しで私の頬にキスをして、彼女はパティオを出ていった。私は両腕を広げ、世界一の美女の身体にまわした。大地のすべてが明るく輝いて見えた。私のとこしえの愛がついに報われたのだ！　しかしその至福の時でさえ、私の心はいつのまにか雪の積もったイギリスの道へ――何日ものあいだおぞましい死体を覆い隠していた白い吹き溜まりへ――さまよって行った。

夢だ！　夢なのだ！　きっと恐ろしい夢なのだ。そんな夢は忘れるんだ、バジル・ノース。そして、ようやく手に入れた幸せに心行くまで浸るのだ！

第十章　振り下ろされる刃《やいば》

私の幸せを気遣うフィリッパの心が、私の望みを叶える妨げになっていた。しかしその必要がなくなった今では——なくなったと彼女が納得した今では——それ以上の抵抗を示すことはなかった。私にとって、フィリッパを妻と呼べるようになるまでの日々は、まったく無駄とは言えないまでも、あまり意味があるようには思えなかった。早く結婚しようという私の熱心な提案を母も応援してくれたので、フィリッパも必要な手続きが整いしだい結婚式を挙げることに快く同意してくれた。ところが、式の日取りが決まったにもかかわらず、私は予定を変更して挙式をしばらく延期することにした。

幸せの絶頂の日を先送りしたのにはわけがあった。私が知り得た情報から、ある疑問が湧いてきたのだ。フィリッパはどの名前で結婚すべきなのだろう？　結婚前の旧姓になるのだろうか？　サー・マーヴィン・フェランドが、彼しか知らない理由からずっとフィリッパに名乗らせていた偽名になるのだろうか？　ウィルソン夫人が真実を語っているなら、法的に正式と認められた名前になるのだろうか？　最初の結婚よりも幸せになるべきフィリッパの二度目の結婚が、その有効性をわずかでも疑われることを怖れ、そうはさせないと私はかたく心に誓った。さんざん考えた末、はやる気持ちを抑えて結婚を先に延ばし、そのあいだに急いでイギリスへ戻って、フィリッパが死んだ男の寡婦であるという証明を手に入れる決心をした。

結婚する前に財産整理のために立ち会わなければならない仕事がたくさんあるとフィリッパに言って、私は大急ぎでリヴァプールへ向かい、一週間滞在するあいだに、一人の女性について――ウィルソン夫人が教えてくれた日付に亡くなり、ルーシー・フェランドの名で埋葬された女性について――詳しく調べた。

彼女の境遇について私が知り得た事実は、ここに書き残すほどのものではなかった。だが、どんな過失が彼女にあったにしても、その身の上は不幸なものだった。私には、サー・マーヴィン・フェランドの愛に呪われた女性は、誰もが不幸な一生を送るように思えてならなかった。私の調査結果は手短に言えばこうだ。サー・マーヴィン・フェランドとこの女性は何年も前に結婚し、やがて合意のもとに別居した。何事にもシニカルで物事を深く考えることのないこの男は、そのあとは妻のことなどまったく気にもかけなかった。意外なことに女性のほうも夫をわずらわせることはなく、私がウィルソン夫人から聞いた日にこの世を去っていた。こうして先妻の身元の件は容易に解決できた。つまり、フィリッパがサー・マーヴィン・フェランドの寡婦としての権利を主張するなら、その正当性はなんの問題もなく認められるということだ。だが、フィリッパがあの男の死を知るのは、かなりの年月を経てからになるだろう。

イギリスに来ていることは誰にも知らせなかった。母国に帰ることは、ある程度のリスクが伴うと覚悟していたからだ。ことによると私に対し逮捕状が出ているかもしれない。なんらかの理由で、あの夜の事件の容疑者としてフィリッパの名前が挙がっていたら、逃避行に同行した私も罪を免れる見込みはないだろう。だが、危険が迫っているなら、今頃はなにか耳にしているはずだ。あわただしく旅立ったあとも、私たちは居所を隠そうとはしてこなかった。そんなことをしても無駄だっただろう。

母はイギリスに友人がいて、手紙のやりとりをしていた。資金に関することだけにしても、私は代理人や弁護士と連絡を取る必要があった。さらに使用人のウィリアムにも手紙を出し、うまく家を売り払って、自分が住む新しい家を探すよう言いつけなければならなかった。とはいえ、そのときイギリスに来ていることは誰にも知らせるつもりはなかった。

フィリッパのためにさまざまな情報を集めているあいだも、ローディング駅の近くで起きたあの夜の事件について可能なかぎり調べることは怠らなかった。少なくとも世間の人々のあいだでは、あの事件はいまだに謎のヴェールに包まれたままだ。逮捕された者もなかったし、起訴された者もなかった。犯行の動機も不明で、今のところ誰にも容疑がかかっていなかった。政府が百ポンドの懸賞金をかけたにもかかわらず、サー・マーヴィン・フェランド殺害事件が未解決事件のファイルを膨らませるだけに終わるのは間違いなさそうだった。ウィルソン夫人は誰にも言わないという約束を守っているようだ。事件から何カ月も経過した今では、あの恐ろしい事件に対する世間の関心もだいぶ薄れていた。フィリッパも、裏切られていたことを知って半狂乱のうちに犯行に駆り立てられた、ということを思い出す気配はまったくなさそうだった。私は、真実が暴かれる危険はほとんどなくなったのではないかと期待するようになった。今回の調査結果は、心から私を安心させるものだった。最初のレディ・フェランドの死について確かな証拠を得た私は、心を躍らせて先を急いだ――セビリアへ、フィリッパのもとへ、必ず手にすると誓った幸せな人生へ。

私たちは結婚した。フィリッパと私は結婚した。ついに結婚したのだ！　ほんの数カ月前まで、傷ついた心でひとり惨めに、愛する女性を永遠に失ったと絶望していたというのに！　この数カ月のあいだの出来事は――私の人生において最も苦しかった日々は――どれだけの意味があったというのだろう？　今日から私たちは、死が二人を分かつまで夫婦として共に歩みはじめるのだ！

リヴァプールで手に入れた調査結果について、フィリッパには何も言わなかった。私は、最初の結婚証書によって与えられた名前で婚姻の手続きをすべきだ――少なくとも私はそう思う――と何のためらいもなくフィリッパに勧め、子どものように素直に私を信じた彼女は、それを受け入れ、〝フィリッパ・フェランド〟と署名した。その名を記すのはこれが最後であり、私の知るかぎり最初でもあったはずだ。ペンを握る彼女の手は震えていた。

私の花嫁には半分スペインの血が流れ、私も今ではスペイン風の生活に馴染んではいたが、私たちはやはりイギリス人で、新婚旅行は欠かせないと思っていた。だがそれは短いものになるだろう。私たちが旅行に出てしまうと、母はひとりセビリアに残され、一緒にいるのは使用人だけとなってしまう。どうしても遠くへ旅する気にはなれなかった。景勝地のカディスが近くにあったが、これまでそこを訪れたことは一度もなかった。ちょうどいい機会なので、私たちはカディスを新婚旅行の行き先に選んだ。

カディスでは、オテル・ドゥ・パリに一週間近く宿泊した。私たちはこの白壁の街がすっかり気に入った。ダークブルーの海に浮かんで光り輝くこの地を地元の人々は〝銀のさかずき《タジタ・ドゥ・プラタ》〟と呼んでいた。誰かがどこかで譬《たと》えていたとおり、まるでサファイアの王冠にはめ込まれた一粒の真珠のようだ。バルコニーのついた背の高い家々がつづく街並みも素晴らしかった。波止場や港であわただしく行き交う人々を眺めたり、花崗岩でできた幅の広い堤防を散歩したりして心を和《なご》ませた。活気あふれる入り江の様子や、その先に広がる田園の風景も私たちの目を楽しませてくれた。それでも私たちの住む美しいセビリアとは比べようもなく、あの陽気な街へできるだけ早く帰ろうと二人で話し合った。

望みが叶ったそのとき、私は幸せだったのだろうか？　あのような出来事のすべてを経験したあとで、あの新婚の日々を幸せと感じることができたのだろうか？　この二つの疑念に思い至り、自己満足のために意味なくこの問いに答えようとしているだけかもしれないが、私はこのことをじっくり考えた。フィリッパは私を愛している——彼女は私の妻だ。この先よいことがあろうと悪いことがあろうと、フィリッパは永遠に私のものだ。それだけで私は幸せだった。限りなく幸せだった。〝現在〟だけに生きることができるなら、私の幸せには何の翳りもなかった。

だが、過去がある！　私を現在の幸せに導いた道のりをすべて忘れ去ることはできない。しかしありがたいことに、その道に埋め込まれた恐怖と危険を知っているのは私ひとりだ。私だけがあの夜の秘密を知っている。私はその秘密を守りつづけることができるが、それはいつまで秘密でありつづけられるのだろうか？

未来もある。私の幸せの背後には、未来が私に——私たちに——与えようとしている恐怖が潜んでいた。それは日一日と強くなっていった。幸せであればあるほど、それが壊れるのではないかという恐怖がさらに強くなっていった。私の心地よい家は砂上の楼閣なのだという思いは、幸せの絶頂にあっても、常に私の心に有無を言わさず入り込んできた。それも理由のないことではない、と私にはわかっていた。

フィリッパが過去について話したがらないのも、私の暗い予感を裏づけていた。サー・マーヴィン・フェランドの名前は、私と妻のあいだでは一度も出たことがなかった。一時的な錯乱状態で私の家にたどり着いたあの夜の出来事について、より詳しい説明を彼女から求められたこともなかった。私の妻になり、より幸せな新しい人生を歩みはじめたのは紛れもない事実だ。ならず者のひどい仕打ちによってこうむった苦痛や恥辱を忘れ去りたいと望むのはごく自然なことだろう。だが、あの取り返しのつかない事態に私も深くかかわっていたのだから、それについて何も話さないというのは不自然に思えた。彼女の沈黙は私を不安にさせた。あの夜の出来事について漠然とした不安を感じているからこそ黙っているに違いない。それが何かを知って安心を得ようと思わないのは、何らかの疑念をいだいているからなのだろう、と私はフィリッパの心中を推し測った。あの不可思議な病を——フィリッパをしばらくのあいだ狂気に陥《おとしい》れたあの病を——患った女性は、回復したあと、錯乱状態にあったときの妄想を思い出し、克明に述べることも珍しくない。私自身、一、二の患者にその症例を認めたことがあったし、フィリッパの病気を診ているあいだに読んだ論文にも、その症例が起こるのは議論の余地がないと記されていた。私がもっとも不安に思っていたのは、いつの日か、おそらく私たちの幸せがどこから見ても揺るぎないものになったときに、何か些細なことで——ある出来事に言及したり誰かの名前を口にしただけで——切れていた環《わ》がつながり、恐ろしい真実を妻が知ってしまうことだった。

セビリアへは船で戻った。グアダルキビール川はとりたてて面白味のある川ではなかったが、のろのろと進む汽車に乗ってニンニクとタバコの臭いの充満する蒸し暑い車内に閉じ込められるよりは、蒸気船のほうが快適に旅することができるだろうと思った。そこで朝早くカディスを発ち、すぐに私たちは、どこまでも広がる平坦な沼地を両岸に望みながら、ゆっくりと流れるグアダルキビール川のどんよりした流れを蒸気船で上っていった。

乗客はそれほど多くなかった。船はなんの変哲もない造りで、一時間も経たないうちに、二人とも汽車で帰ればよかったと後悔しはじめていた。川は延々とつづく殺風景な平地を縫って流れ、牛や水鳥の群れのほかには見るべきものは何もなかった。フィリッパがそばにいることを除けば、今までこれほど退屈な旅をしたことはなかった。

もちろんイギリス人の観光客も乗船していた。イギリス人がいない場所など世界中どこにもない。私たちの近くにも、それなりの紳士に見える二人のイギリス人の若者が座っていた。いつものことだったが、彼らはその美しさに魅了されたような眼差しをフィリッパに向け、とりとめのない会話をはじめた。

その屈託のない話し方や、船上から見える景観——とても景観とは言えないもの——をけなしている容赦のない口調からすると、私たちを地元の人間だと信じていて、何を話しても理解されないだろうと思い込んでいるようだった。当然、フィリッパはスペイン人の顔をしていたし、私の顔は日焼けしていたせいで、どんな国籍の人間にでも見えたのだろう。

若者たちは、近くにいる二人がすべてを理解しているとは気づかないまま、おしゃべりをつづけた。しばらくのあいだ、私も興味深く耳を傾けていた。そのうち、緩慢な蒸気船の動き、どんよりとした川の流れ、ゆっくり移り行く単調な岸辺の風景、これらが相まって眠気に誘われ、私はいつのまにかまどろんで夢を見ていた。

夢の中で、ある名前が聞こえた。誰かがあの忌まわしい名前をはっきりと口にしたのだ。私はドキッとして目を開けた。フィリッパは頭を前に突き出し、若者たちの言葉を聞き漏らすまいとしている。

「サー・マーヴィン・フェランドか」若者の一人がその名前を繰り返した。「ああ、あの男のことなら覚えているよ。背の高いハンサムな男だろう。今はどこにいるんだい？　あいつは悪いやつだ」

「あいつに何があったのか、ほんとに知らないのか？」連れの若者が驚いた様子で訊き返した。

私は妻の腕に触れ、「行こう、フィリッパ」と言った。

フィリッパはいやだという素振りをした。もう一度私は彼女を促した。フィリッパは険しい顔で首を振った。

「そうだったな！　きみがこの数カ月どこにいたのか忘れていたよ」最初の若者が笑いながら言葉を継いだ。「文明にも新聞にも縁のないところに行っていたんだったな。サー・マーヴィン・フェランドは殺されたよ――銃で撃たれて！」

「フィリッパ、もう行こう、頼むから」私はささやくように言った。

手遅れだった！　彼女の表情は何があろうと、この場を離れるつもりがないことを示していた――何があろうと！　彼女は恐ろしい真実を聞くだろう。おそらくゆがめられた詳細も含めて耳にするだろう。私は心の中でうめいた。長いあいだ恐れていた瞬間がついに来たのだ。むりやりフィリッパを引っ張っていったとしても――若者たちの会話を遮ったとしても――いったいそれが何になる？　フィリッパはもう充分知ってしまった。話のつづきを聞かせてくれと私に迫るだろう。どんなことがあっても、フィリッパがあの男の死を自分に結びつけないよう、私はただ祈るしかなかった。

「殺されただって？　哀れな男だな！　誰に殺されたんだ？」もう一人の若者が訊いた。

「わからないんだ。田舎の道端で銃に撃たれて死んでいた。こないだの冬の猛吹雪がちょうどはじまった頃にね。信じられないような話だが、死体の上に吹き溜まりができて雪が解けるまで発見されなかったんだ。もちろん犯人は、そのあいだに逃げてしまったってわけさ」

「哀れなやつだ！　あの男のいい評判を耳にしたことはなかったが、そんな死に方をするなんて！」

私は若者たちを見ていなかった。妻の表情が変わるのをこまかく観察していた。フィリッパの頬からは血の気が失せ、言葉を発しようとしているのだろうか、喉と唇が痙攣し、心の苦しみを表わすかのように黒い目を細めた。動転したときはいつもそうなのだが、両手を固く握りしめている。突然、フィリッパは私の目を喰い入るように見つめた。彼女の目に浮かんだ恐怖を見て、私は最悪の事態が訪れたことを悟った——いつも私につきまとっていた不安が現実となったのだ！　フィリッパは低いうめき声をあげると、意識を失い青ざめた顔で私の肩に寄りかかってきた。

　私は絶望のあまり自分を見失いそうになったが、表面的には冷静さを装っていたように思う。二人のイギリス人が手を貸そうと申し出てくれたので、陽の当たらない涼しそうなところを見つけて急ごしらえの寝台をつくり、フィリッパをそこに運んで、妻が倒れたのは強い日差しやエンジンの臭いなどのせいだろう、と笑みを浮かべながら言ったことを覚えている。自分たちがたまたま口にした言葉がどんな結果を招いたか、この二人の若者には想像することもできなかっただろう。サー・マーヴィン・フェランドの死について話したことが二人の人間の幸せを打ち砕いたとは、思いもしなかったはずだ。私の心は恐怖にさいなまれ、悲しみに打ちひしがれていたが、なんとか平静に振る舞ったような気がする。

　持参していた気つけ薬を嗅がせたが、フィリッパはかなり長いあいだ目を覚まさなかった。しかし私は心配していなかった。むしろしばらく気を失っているうちに、フィリッパの頭に侵入してきた恐ろしい記憶が追い払われるのではないかと思った。そうなる可能性があるなら、セビリアに着くまで意識が戻らないほうがいいとさえ願った。だが、そうはならなかった。まもなく彼女は、深い吐息をついて目を開けた。意識が戻り、ふたたび彼女は私が怖れていた状態に陥ってしまった。

　私が話しかけてもフィリッパは何も応えなかった。目をそらし、私と視線が合わないようにしている。私の手が触れるのを避けているようにさえ見えた。辛く惨めな旅が終わるまで、彼女はひと言も発しなかった。船の壁に顔を向けたまま横たわっている。他の乗客から好奇の目で見られるのも気にせず、私の愛のささやきにも応えず、ただひたすら自分の考えにふけっている。その考えによって彼女が導かれる世界を思い描くだけで、私は背筋が凍った。

古ぼけた汽船が濁った広い流れをのろのろ進んでいくあいだ、長く息苦しい時間が過ぎていった。私はフィリッパのそばに座り、この悲惨な状況から逃れる道を探しつづけた。どうしようもない！どの道を選んでも、自分のしたことを彼女が自覚しているという事実が行く手に立ちふさがっている。彼女が何をしたか自覚していることは間違いない。彼女の目がそれを物語っている。心神喪失から回復した躁病の患者は、神の慈悲によるものなのか、狂気のさなかになした行為によって悩まされることはほとんどないという。だが、フィリッパが狂気に陥っていた時間はきわめて短かったので、その事実は私の慰めとはならなかった。妻の場合は、彼女を説き伏せて私の考えに同意してもらうこと以外に希望は見出《みいだ》せないと感じていた。つまり、そのときの行動について、人定法だろうと自然法だろうと、どんな法の下でも彼女自身に責任はないと納得してもらうしかない。だがいくら説得しても、傷つきやすく激しやすいフィリッパが私の考えを受け入れるとは思えなかった。私が熱烈に愛した女性でなかったなら、彼女に罪はないと本心から言えるだろうか？──「バジル、あなたは人を憎んだことはありますか？」という言葉が、いまだに脳裏に焼きついているというのに。

しかし私にしたって、尋常な手段ではないと言われようと、正々堂々とあの男と対決して相手の心臓を撃ち抜くつもりだった。そしてその行為を私は男として誇りに思っただろう。だが、フィリッパは女性なのだ。フィリッパが私の愛する人でなかったなら、たとえ心神喪失であったとはいえ、このような恐ろしい復讐に駆り立てられた女性を私が受け入れることはなかったに違いない。

私は、砂上の楼閣が、たまたま吹いた一陣の風でもろくも崩れ去ってしまったことを思い、苦々しい笑みを浮かべた。それから自分にこう言い聞かせて勝ち誇ったように笑った——私を待ち受けているものが、苦悩、恥辱、死のいずれであっても、私は人生で欲した唯一のものを勝ち取り、一週間のあいだそれを手にしていたではないか！　何者もこの記憶を私から奪いとることはできない！

やっと家についた。フィリッパはいまだに口を閉ざしていて、私の問いかけにも〝はい〟か〝いいえ〟と答えるだけだったが、とにかく私は、幸せが満ちあふれていた我が家に妻を連れ帰った。パティオの入口では、母が上品な顔に満面の笑みを浮かべて私たちを出迎えてくれた。母の顔を見たとたん、哀れな妻の身体に震えが走った。フィリッパは母の抱擁を黙って受け止め、お座なりに母の身体に腕をまわした。

「フィリッパは病気なんです」私は弁解するように言った。「部屋に連れていきます」

留守のあいだに母が整えてくれた部屋にフィリッパと一緒に入った。花が飾られた明るく美しい部屋は、私たちを温かく迎え入れようという母の心配りがあちこちに見受けられたが、フィリッパの目には何も見えていないようだった。私はドアを閉め、妻のほうに身体を振り向けた。

フィリッパはぞっとするような暗い目で私を見つめた。私の心の奥底を探るような目だ。「バジル」彼女は低い声で重々しく言った。「私に教えて——本当のことを教えて。あの夜、私はいったい何をしたの？」

第十一章　たっての願い

ついに来るべき時がきた！　フィリッパは気づいたのだ！　彼女がサー・マーヴィン・フェランドの死を知って動揺したのは、かつてあの男を愛していたからにすぎないという思いが私にはあった。その思いが私の心の支えになっていたのだが、今やそれも完全についえてしまった。これ以上言い逃れるのは無理だ。現実には起きていない恐ろしい出来事が夢に出てくるだけだ、とフィリッパを説得しても無駄だろう。私は、真相を彼女に知られないようにするためなら自らの命を投げ出すことも厭わないつもりだった。しかし、愛する妻の目を見ながら嘘をつき通すことはできそうもない。

時間稼ぎのつもりもあって、私は答えをはぐらかそうとしたが、話し出すか出さないうちにフィリッパに遮られた。

「どうしてそんなことを訊くのか、ですって？」彼女は私の言葉を繰り返した。「私はすべてを知っているわ――すべてを――そう、すべてを！　夢の中に現われたのよ――真っ白な道が――死んだ人のこわばった顔が――渦巻く雪が！　夢の中であの人を見下ろして、〝死んでる〟ってつぶやいた。でも、バジル、愛するバジル、私はそれをただの夢だと思ったのよ。忘れようとして自分にこう言い聞かせたわ――あれは夢にすぎない。あの人を憎んでいたから殺す夢を見たんだ――って。バジル、愛しいバジル、夢だと言えるなら、そう言って！」

妻は、哀れみを誘うような切羽詰まった声でそう言うと、すがるように私を見つめた。

「愛しいフィリッパ、きっとそれは夢だったんだよ」私は言った。

フィリッパは両手を大きく広げた。「そんなことはないわ！　あれは夢なんかじゃない！　今でも、闇の中に立って、じっと横たわる死体を見下ろしている自分が見えるの。頬にあたる冷たい風も感じるし、雪の中を駆け抜けていく自分も見える。バジル、私はあの人を憎んでいた。だから殺したのよ！」

涙が私の頬を伝って流れた。フィリッパの両手をつかんで彼女の身体を引き寄せようとした。フィリッパは私の手を振り払って勢いよくベッドに倒れ込んだ。激しく泣きじゃくり、私が近づくと顔をそむけた。

「私が殺したのよ！　あの人を殺したんだわ！」彼女は急に恐怖にかられたように低い声で言った。「あの夢は、あの恐ろしい夜のことだったのね！　それからずっと私につきまとっているんだわ。わけがわからなかった。今わかった。あの人は私をもてあそんだ。だから私はあの人を殺した！　殺したのよ！」

私はフィリッパの首に腕をまわして引き寄せ、頬を擦り合わせた。私の肌が触れると、彼女は感情を露わにした。

「駄目、駄目よ！」フィリッパは叫んだ。「触らないで！　近寄らないで！　私のことは放っておいて！　バジル、聞いてるの？　わかったの？　私は人殺しなのよ！」

フィリッパはまたベッドに倒れ込んだ。あまりの衝撃に全身をわなわな震わせている。

「恥さらしの女——堕落した女！」彼女はつぶやいた。「悪い男におもちゃにされて捨てられた女。

そして今では人殺し！　あなたはなんて素晴らしい女をめとったのかしら、バジル！」

「フィリッパ、私はきみを愛している」私はささやいた。

「愛しているですって？　どうしたら私を愛することができるの？　そんな愛は神様に祝福されたものじゃないわ。もし私を愛しているのなら私が死ぬのを手伝って、バジル！　何でもいいから私が死ねるものをちょうだい！　どうして私を助けたりしたの！」

「きみを愛していたからだ。今も愛している」

　フィリッパは黙った。私は彼女が落ち着きを取り戻すことを願った。事実を初めて知ったショックから立ち直るのを待った。そうなれば、どんな道徳律に照らしても、あの恐ろしい犯行に対し彼女は罪を負わない、と説得できるだろう。急にフィリッパが私に顔を向けた。

「私はどうやってあの人を殺したの？」彼女は身を震わせながら訊いた。

「フィリッパ、今は休んだほうがいい。あとでまた話すことにしよう」

「私はどうやってあの人を殺したの？」彼女は険しい口調で繰り返した。

「あの男は心臓を撃ち抜かれて発見された」私はためらいがちに答えた。

「心臓を撃ち抜かれたですって――あの汚らわしい心臓を！　私が撃ち抜いたのね！　どうやったのかしら？　どんな銃で？　バジル、全部教えて！　そうしてくれないと、私は頭がおかしくなってしまうわ！　どんな些細なことでも隠したりしないで。私はすべてを知りたいの！」

「ピストルで撃たれたんだ」

「ピストル！　ピストルですって！　私は、どうやって手に入れたのかしら？　それは今どこにあるの？」

「私が投げ捨てたよ」

「あなたが？　それじゃ、あなたは知っていたのね！」

私は目を伏せた。隠していても意味がないと悟った。彼女はすべてを知らなければならない。

私はフィリッパに洗いざらい話した。彼女が私の家に来ると約束したこと。約束どおり現れなかったので探しに出かけたこと。吹雪の中で私のそばを通り過ぎて行ったこと。私が彼女に追いついたこと。フィリッパが口にしたあの激しい言葉もそのとおり繰り返した。さらに、恐ろしい凶器が私の足元に落ちたこと。あまりの衝撃に夜の闇に向かってそれを放り投げたこと。フィリッパが私から逃れようと私の手をふりほどき、ひとけのない道に消えたこと。彼女の言葉に恐れおののきながら、私がその意味を確かめようとさらに先に進んだこと。サー・マーヴィン・フェランドの死体を発見したこと。隠すつもりはなかったが、死体を道の端に運んだこと。急いで家に帰り、私を待っていたフィリッパを見つけたこと。彼女が一時的な錯乱状態の真っ只中にあったこと。私はすべてを彼女に伝え、きっぱりと言った――「恐ろしい行為をなしたとはいえ、精神状態がまともではないと気づいたときから、あなたが今でも母親の胸で眠っていた頃の赤ん坊のように罪がないことはわかっていた」と。

フィリッパは大きく見開いた目で私を見つめながら耳を傾けていた。言葉や仕草で私の話を遮ろうとはしなかったが、私が話し終えると両手で顔を覆った。指のあいだから涙がとめどなく流れ落ちている。「もう駄目、おしまいだわ！」フィリッパは叫んだ。「ああ、バジル、あなたの話を聞いたら、私がやったのではないことがわかると思っていたのに！　バジル、愛しいバジル、すべてが夢なんだと思い込んでいるあいだ、私たちはとても幸せだった。幸せでいることはもう無理なのね、バジル！」

まだフィリッパは私に触れられるのを避けていたが、私はむりやり弱々しい姿の彼女を引き寄せ、その頭を私の肩で受け止めた。私は絹のように艶やかな黒髪をなで、青白い額にキスをし、私の愛からあふれ出るありったけの言葉を使って、彼女を優しくなだめようとした。だがそれも無駄だった！私が少し力を弱めた一瞬に、彼女は私から逃げ出した。

「バジル！」フィリッパは叫んだ。「あなたは知っていたのね！　私の手があの男の血で汚されたことを知っていたのね！　もう一度言うわ、そんな愛は神様に祝福されたものじゃない！」

「フィリッパ、もう一度言おう。私の目から見れば――真実を知らされたすべての人々の目から見れば――きみは赤ん坊のように無垢なんだ」

フィリッパは絶望したように首を振った。今はこれ以上なにを言っても無駄だとわかった。説得できる限界を超えている。しばらくこの話をするのはやめたほうがよさそうだ。私は少し眠ったほうがいいと彼女を促し、睡眠薬を飲ませ、彼女のそばに座ってしばらくのあいだ手を握っていた。やがて彼女はまぶたを閉じ、苦悩による疲れからか深い眠りに落ちた。

国外に逃げる道を選んだのは正解だった。愚かにも、このまま忘れ去られてしまえばいいと願っていたことが、忌々しい偶然によって明かされてしまった。だが、イギリスから逃亡したことは正しかった。司直の手で私の愛する妻が捕らえられることになれば、無罪になったとしても、裁判によってすべてが公にされ、彼女は死に追いやられていただろう。安全な場所にいて、彼女を裁くのは彼女自身の繊細な良心だけという現状を神に感謝しなければならない。

妻は安らかな寝息を立てながら深い眠りについた。私はそれを確かめ、美しい頬にそっとキスをして部屋を出た。それから母を探し出し、フィリッパの体調がすぐれないことについて、いちばん納得してもらえそうな話をした。母は、私たちが留守にしているあいだに起こったセビリア人の使用人とのトラブルについて、あれこれ話し出した。私は笑顔をつくり、関心があるふりをして聞いていた。だが、すぐ近くで眠っているかわいそうなフィリッパが、いずれ目を覚まし、自責の念にかられ、悲しみに打ちひしがれると思うと、関心を示すどころではなかった。子どもとしての責任を果たし、感謝の念を伝えるのに充分な時間を母と過ごすと、私はそそくさとフィリッパのそばに戻った。

フィリッパが目を覚ますまで、私はベッドに寄り添って見守っていた——やがてまぶたが開き、彼女の麗しい瞳が現われた。私は身をかがめ、愛を込めてキスをした。眠りと目覚めのはざまで意識がもうろうとした中でも、彼女は私のキスに応えてくれた。だが、しばらくすると記憶とともに恐怖が戻ってきた。

「私にかまわないで！」彼女は言った。「人殺しなのよ！」

私はふたたびそれを否定し、彼女に罪はないと告げた。私の唯一の望みは、説得をつづけていればいずれ彼女は平静さを取り戻すだろうということだった。フィリッパはほとんど感情を表わさずに私の話を聞いていた。私はしだいに饒舌になり、説得にも熱がこもっていった。実は、彼女を説得しながら私自身に言い聞かせようとしていたのではないだろうか？——あの夜の行為に彼女は責任を負わないと説得さえできれば、数日前に手に入れたと思った幸せが今でもいくらかは残っているかもしれない、と。

「バジル」フィリッパは小さな声で言った。「恐ろしい考えがつきまとって離れないの。私は裁判にかけられるのね？　そして絞首刑になるのね？」

「私たちはスペインにいるんだ、フィリッパ。きみが有罪になったとしても、イギリスの法律はここまでは及ばないさ」

彼女はハッとした顔をした。「スペインに来るのを急いだのはそのせいだったの？　私を死刑から救おうとしたのね？」

「あのときのきみでは耐えられそうもない重荷から、きみを解き放つためだったんだよ。もう一度言おう。きみに罪はないが、裁判になるリスクだけは避けるべきだ」

彼女はしばらく黙っていたが、やがて口を開いた。

「私は、自尊心が高く、気性も激しく、不道徳な女だわ。だけど、あんなことをしようと思ったことなど一度もなかった。私は狂っていた！　頭がおかしくなっていたのよ！　バジル、あなたなら私が狂っていたと証言できるでしょう？　みんなあなたを信じて、私を許してくれるわ」

フィリッパは哀願するように私を見つめた。

「私は証人台に立って宣誓証言する。あのときのきみは、ひどい錯乱状態にあったとね。医者としての名誉に賭けても、きみの行動は心神喪失の結果だと言うつもりだ。何も心配しなくていい、フィリッパ」

きっぱりとそう言いながらも、ある考えが頭をよぎった。私の顔は青ざめ、額には汗が噴き出した。私の知るかぎり、刑事裁判では夫の妻に対する証言は、有利なものであれ不利なものであれ、法的には何の効力も持たないのだ。私がフィリッパと結婚したことで、彼女が正常な精神状態ではなかったと証言しても意味がない。フィリッパがサー・マーヴィン・フェランドの殺害で裁判にかけられる場面を思い浮かべ、私は木の葉のように身を震わせた。あのときの看護師が目にしたのは、落ち着いたあとのフィリッパにすぎない。私自身とおそらく使用人のウィリアムのほかは、フィリッパが錯乱した様子を見ていないのだ。

私は落胆し、自分を取り戻すために部屋を出ざるを得なかった。外国にいることを何度も神に感謝した。思慮に欠けた自分の愛が、愛しいフィリッパを破滅させるかもしれないと思うだけで私はいたたまれなくなった。

ここまで私は、船上からはじまった忌まわしい状況をうんざりするほど長々と書いてきた。妻はこのとき初めて、つきまとう夢が事実で、サー・マーヴィン・フェランドがうまく仕組んだと思われる悪行に対し、自分が無意識のうちに復讐していたことを知ったのだったが、彼女が受けた精神的苦痛には肉体的苦痛を伴っていたことも記しておきたい。哀れな妻は何日ものあいだ、ひどく衰弱して寝込んでしまった。母と私は懸命に看病した。やがて彼女は健康と活力と以前の面影を取り戻し、ベッドから離れられるようになった。母は、娘となったフィリッパにとても優しかった。母はどうしてフィリッパがこんな病気になったのか本当のところは何も知らなかった。それもあって、美しい花嫁に対する気遣いが足りないと私を厳しく責め、これからはフィリッパを自分の目の届かないところへ連れ出すのは絶対に許さない、と笑いながら言った。

フィリッパがすべてを知った今となっては、サー・マーヴィン・フェランドとの結婚の真相を妻に話したほうがいいだろうと思った。あの男はフィリッパと偽りの結婚をした。ところが本人も知らないうちに、奇妙な巡り合わせからフィリッパを正式の妻としてめとっていた。しかし、この事実も彼女の慰めとはならなかった。「私の罪はかえって重くなったわ」彼女は苦々しく言った。「私をだました男を殺したんじゃなくて、夫を殺したんだから！　私は生きている資格がないのよ！」

数週間が過ぎた。フィリッパの健康は徐々に回復していった。私にとって何よりも嬉しかったのは、彼女が落ち着きを取り戻してきて、あの夜の件について理性的に反応するようになったことだった。私は全身全霊を傾け、彼女に道義的な罪はないとあきらめずに説得してきたのだが、その努力が実りつつあった。発作的に精神的な苦痛と自責の念に駆られることもしだいに少なくなり、二人でいるときも、自分の罪について延々と話すこともなくなった。私たちの生活はふたたび落ち着いてきたように見えた。私は、〝時間〟という偉大な医者が、いつの日か、〝悲しみをまとった幸福〟と呼べるような幸せを彼女にもたらしてくれるのではないかという希望さえ持つようになった。しかしそうなるには、何年もかかるだろうことも承知していた。

フィリッパは変わった。すっかり変わってしまった。唇に微笑みが浮かぶこともほとんどなくなり、目に少しでも輝きが戻るのは、私がそばに近づいたときだけで、急に老け込んで生気がなくなったように見えた。それでもなお、彼女が私を深く愛してくれていることは疑いようがなかった。

やがて私たちは、二人に降りかかった人生の悲哀を話題にすることもなくなったが、フィリッパの心からそれが消えていないのは明らかだった。隣で寝ていると、ときどき彼女は悪夢にうなされて寝言を言うことがあった。私にはその原因が容易に想像できた。私は彼女の身体にそっと腕をまわして安心させようとした。今は安全な場所にいるし、私の愛も変わることはないと言いながら、心の中で死んだ男を呪った。あの男の悪行が、私の胸に頭をあずけている美しい妻の心に、消え去ることのない深い悲しみをもたらしたのだ。ああ、私はどうしたらいいのだ！　だが、二人の人生がどんなものであったにしても、今の私たちは愛の力によってかたく結ばれている。

ある日——弱々しい病人の足取りではあったが、花の香りのただようパティオをゆっくりと歩けるようになるとすぐに——フィリッパは自分の意志をはっきり伝えようとしたのか、きっぱりした口調で私に話しかけてきた。

「バジル、あなたはロンドンの新聞を読んでいるの？」

「たまにはね――いつもというわけじゃないけど。イギリスのことはほとんど忘れてしまったよ」

「これからは、毎日、目を通すって約束してくれないかしら？」

「きみがそうしてほしいならそうするけど、どうして？」

彼女は沈んだ声で言った。「わからないかしら？　バジル、聞いてちょうだい。あなたの言うことがようやくわかってきたの。いつか私自身もあなたと同じ考えになれるよう願っているわ。でも、私が犯した罪で無実の人が罪に問われたらどうしたらいいの？　そうなったら道はひとつしかない。これだけは譲れないわ。そのためにも、新聞が届いたら毎日すぐに目を通すって約束してくれないかしら。そうしてくれないと、私は心穏やかに過ごせないの」

私はすぐさま承知した。ときには司法も間違いを犯すことはあるが、フィリッパが思っているような間違いを犯すことは滅多にない。サー・マーヴィン・フェランドの死が永遠に解かれることのない謎になるのは確かだろう。そこで私は、哀れな妻を安心させるため、〈タイムズ〉紙に手紙を書いて、新聞を毎日配達してくれるよう頼んだ。

第十二章　悪徳への誘惑

記憶が生々しいうちに書いた文章を読み返すのは苦手なのだが、この回想録は私の告白だと、どこかで記したように思う。もしまだなら、そうしておくべきだった。この回想録は想像の産物ではない。ましてや文学作品などではない。どうしたらそんなものになれるというのか？　中心となる人物は二人――男が一人と女が一人――だけで、二人の愛と数カ月のあいだの出来事を扱っているにすぎないのだが、それを描くにあたって、何事も隠さないよう努めてきたつもりだ。私の考え、望み、恐れ、哀しみ、喜びをありのままに記したことで、私のとった行動を非難する人が出てきても不思議ではないし、もっと強く非難されるような行動を私はとっていたかもしれない。しかし、それを隠すような書き方は一切してこなかったと信じている。私は身勝手で気の弱い人間だった。間違いなく今でもそうだが、そのことをさらけ出したかった。だがその男は、愛する女性のためなら、自分の運命も、人生も、名誉でさえも、喜んで投げ出す男でもあった。私自身をそのような人物として描きされていないとしたら、それは意図したものではなく、私の表現力が不足しているせいだ。

ここまでの章で、私の目的が成功しているか失敗しているかは定かでないが、この章はどうみても失敗してしまうような気がする。私の目的を果たせるほど豊かで力強い言葉はいまだに生み出されていないし、私の考えを過不足なく再現できる書き手もまだこの世に現われていないからだ。

この章は短いものになるだろう。ほんの数時間を記録したものにすぎない。だが、その数時間ときたら！　私はその時間を罪を犯す誘惑と闘った。単なる罪ではなく身勝手で卑劣な罪だ。あえて言えば、人間という哀れむべき生き物が、誰一人として直面したことがないほどの強い誘惑だった。大袈裟に聞こえるかもしれないが、耳を傾けてほしい。

ああ、あの日の朝！　今でもはっきりと覚えている！　朝食をちょうど終えたところだった。日除けの張り出したパティオには、古風な趣の小さなテーブルがまだ置いたままになっていた。甘く熟した果物の濃い色が、真っ白なテーブルクロスによく映えている。母とフィリッパは家事で室内に戻っていて、私は一人でゆったりと椅子に座ってくつろいでいた。タバコを巻いて火を点け、花の香りがただよう空気をタバコの煙で汚す、自分の無粋な振る舞いに後ろめたさを感じながら、先ほどロンドンから届いた〈タイムズ〉紙をポケットから取り出し、長ったらしい記事で埋まった紙面にざっと目を通しはじめた。

新聞の記事についてはまったく心配していなかった。記事そのものには不安を感じていなかったのだが、フィリッパの様子は気になった。私が新聞を手にしているのを見ると、彼女はいつも不安そうな目で、もの問いたげな表情を浮かべて私を見つめていたからだ。そこで私は、なるべく彼女がいないところで新聞を読んだ。フィリッパには、私が読み終わるまで新聞には触れさせないようにしていた。私がそうした唯一の理由は、未解決のあの不可解な事件にたまたま言及した記事が彼女を苦しめるのではないかと恐れていたからだ。誰か別の人が罪に問われるかもしれないという彼女の行きすぎた不安については、一瞬たりとも心配していなかった。

私は新聞をめくり、大きな紙面を折りたたんで、見出しを見ながら主な記事を斜め読みした。海外ニュースはざっと目を通すだけにし、政治欄はほとんど読み飛ばし、金融市場の情報はまったく無視した。最後に地方ニュースの欄を開いた。ひとつの名前が目に飛び込んできた。恐怖のあまり全身がぶるぶる震えた。大理石の敷石にタバコが落ちたが、拾い上げようとも思わなかった。言葉では言い表わせないほど心が乱れたまま、ローディングがある州の州都チューナムの見出しの下にあった短い記事を読んだ。

＊

〈本年一月、准男爵のサー・マーヴィン・フェランドを殺害したかどで起訴されたウィリアム・エヴァンス容疑者が、今月二十日からはじまる巡回裁判で裁かれることとなった。広く世間の注目を集めているこの事件の裁判は初日になる予定だ。容疑者の有罪を裏づける新たな証拠が提示されると言われているが、それは状況証拠にとどまる模様だ〉

＊

この忌まわしい記事の一語一語が私の頭を殴りつけた。しばらくのあいだ私は、ただ呆然と座っていた。歯がカチカチと鳴り、顔から血の気が引くのがわかった。あり得ないと思っていたフィリッパの不安が現実となったのだ！　他の人間が――無実の男が――彼女の狂った行為のせいで罪に問われている。頭が真っ白になって、いま読んだ記事の意味をよく理解できなかった。私は身じろぎもせず、運命を決するその記事をじっと見つめていた。

フィリッパを呼ぶ母の楽しげな声がして、ハッと我に返った。二人はこちらに向かっている。顔を合わせられない。私は新聞を折りたたんでポケットに突っ込み、あわてて通りに飛び出した。だがそのときになっても、その情報が私たちにとってどういう意味を持つのか頭に描けないでいた。ついに襲ってきた最悪の事態にどう立ち向かうべきか決意を固めるためには、一人きりで長い時間をかけて考えをめぐらす必要がある。

私は鉄の門を急いで通り抜け、皆から狂ったと思われるほどの勢いで狭い通りを進んでいった。どこへ向かっていたのだろう？　ほとんど何も覚えていない。どこかの公園へ向かっていたようだったが、その間《かん》、私の方向感覚は完全に失われていた。無意識のうちに一人になれる場所を求めて歩いていたのだろう。どこにどうやってたどり着いたのかまったく覚えていないが、ひとけのない物陰を見つけた。砂でつくられた幸せが崩れていくのを感じ、胸が張り裂ける思いがした。私は地面に身を投げ出し、乾いた土に爪を立てた。

最初に思ったのは、私は気が狂いはじめたか、すでに狂ってしまったのではないかということだった。頭の中をとりとめのない考えがぐるぐる駆けめぐっている。無実の男が逮捕されたのだ！　裁判は二十日に開かれる！　二十日だって！　今日は十六日だ！　新たな証拠！　そんな馬鹿な——警察はいったい何をしてるんだ！　これがご自慢の捜査力なのか！　殺人とはなんの関係もない男を捕まえて裁判にかけるなんて！　どうしよう？　私に何ができるだろう？　ああ、私の妻が！　私の愛する哀れな妻が！

それから私は、子どものように泣いた。すべてが失われたと思った。なすべきことはひとつ——取るべき道はひとつしかない。愛する妻が法廷で罪を告白し、生命の危機にあるこの不運な男を救い出すことだ。フィリッパは法廷に立って恥をしのぎ、人間なら誰もが持っている正義感と慈悲の心にすがるしかない。彼女にはそうする権利がある。だが、なんと痛ましいことか！　しばらくのあいだ私の頭にこれ以外の選択肢は思い浮かばなかった。

正義だって！　正義とは何なんだ？　こうして過ちを犯しているではないか！　無実の男を逮捕して裁判にかけ——想像するだけでいたたまれなくなるが——死刑の宣告をしようとしているではないか！　フィリッパはどうなるのだろう？　結婚したことで私が証言する機会が奪われてしまった今、あの男を殺害したときに彼女は精神に異常をきたしていた、と誰が立証するのだ？　そのことを考えると平静ではいられなかった。まるで網に絡まってがんじがらめにされているようだ。もちろん、使用人のウィリアムに証人になってもらい、あの夜のフィリッパは異常に興奮していて、振る舞いもまともではなかったと証言してもらうことになるだろう。あのとき来てもらった看護師を法廷に呼び出し、フィリッパに初めて会ったとき、彼女は錯乱状態から回復しつつあったと証言してもらうこともできる。しかし彼らの証言はそのまま認められるだろうか？　頭の切れる検事がすぐに、彼女は狂気のせいで罪を犯したのではなく罪を犯したから発狂したのだと指摘し、十二人の陪審員もその説に従うのではないだろうか？　私たちは罠にはまって身動きがとれなくなっている。どうしようもない！　どうすることもできない！

フィリッパにこの件を知らせなければならない！　私から言わなければならない！　彼女にこの事実を話すために、どうやったら自分を奮い立たせることができるだろう？　彼女の体調が回復しつつあるこの時に、哀しみを抱えつつも運命に素直に従おうと彼女が思いはじめているこの時に、フィリッパも私も幸せになれるという希望が戻ってきたこの時に、よりによってこんなことになろうとは！　妻と私は、二人の人生に重くのしかかる暗くおぞましい記憶を消し去ってくれる贈り物を、半年もしないうちに受け取ることになるはずだ――どうかそのことを思って私を憐れんでほしい！　赤ん坊の目を覗き込み、その小さな頭を胸に抱けば、失われた人生の輝きと美しさが、いくぶんか――いや、ほぼ完全に――愛する人のもとに戻ってくるだろう。私はそれを心から願い、きっとそうなると信じていた。

こんな考えを心にいだき、あの忌まわしい記事に惑わされながら地面に突っ伏している私の姿を思い浮かべてほしい！　二、三時間後には家に戻り、ついに雷《かみなり》が落ちたと妻に伝えなくてはならないだろう。他に道はない！

他に道はない？　ちょっと待て、道がひとつあるではないか！　血液が体中を勢いよく駆けめぐるのを感じた。心臓の鼓動が激しくなり、唇が渇き、息が詰まりそうになった。初めて私は、この逆境から抜け出す単純で確実な方法を思いついた。あまりにも単純で簡単に見えたので、この方法をすぐに思いつかなかった自分の愚かさに笑ってしまった。

この忌まわしい新聞を破り捨てればいいのだ、バジル・ノース！　紙屑は風に飛ばしてしまえ。記事のことは忘れて、花が咲きこぼれるあの家へ戻り、笑顔で愛する妻に会えばいい。作り笑いならこれまで何度も経験している。いつものように言葉を交わす。今朝の記事のことは口にしない。自分の胸に収めておけばいい。知った事実はすべて秘密にしておく。そうすれば幸せは永遠につづくのだ！

だが、その男は？――数日のうちに他人が犯した罪で裁かれようとしているその男は？　その男はどうなる？　そのまぬけな男が無罪を宣告されるのは間違いないだろう。まぬけな男！　殺人の容疑をかけられるなんて、〝まぬけな男〟ほど、その男にふさわしい呼び名はない。だが、裁判が最後まで誤った方向に進んだとしたら？――その男が死刑になったら？

それがどうした？　その男の悲惨な人生にしたって、他の幾百の人生にしたって、フィリッパの幸せに比べればなんだと言うのだ？　良心とはなんだ？　善悪とはなんだ？　人々が道義心と呼ぶ亡霊とはなんだ？　つまるところ罪とはなんだ？　沈黙を守ってすべてを忘れる。他には何もしなくていい。私には金があり、若さがあり、健康で、強い意志を持っている。世界でいちばん美しい女性に深く愛されている。なぜ迷う？　そんなつまらない男の命をどうして天秤にかけたりするのだ？

この件を違った視点から見てみよう。毎年、何千もの命が、君主や政治家の気まぐれによって奪われているではないか？　彼らを戦場へと追いやった者たちは、その死を思い煩ったりはしない。人間は、復讐、金、名誉のために殺し合い、殺人者はそのあとも普通の人間と変わらない生活を送っている。容疑者の男はイギリスが誇る司法の手に委ねよう。その男は無実だ。この厳しい試練から無傷で脱出するだろう。仮に死刑を宣告されたとしても、そのまま死なせるだけだ。無実の罪で死刑になった最初の人間というわけでもないし、最後の人間になるわけでもない。命のひとつにすぎないではないか！　男がどうなろうと知ったことではない。彼のことを考えるのはこれで終わりにしよう。なにが起ころうと、あの陽光の降り注ぐ家と愛する女性は、永遠に私のものだ。彼女の子どもたちは私のそばで大きくなっていく。なぜ迷う？　口をつぐんでいるだけで幸せが得られるというのに。司法が間違いを犯したところで、一人の男の死がそれを償うだけのことだ。取るに足らないことではないか！

これが、長い時間、私が闘った誘惑だった。私はなんども誘惑に負けそうになった。新聞を破り捨てて成り行きに任せようと、何回か意を決して立ち上がった。一、二度、家へ向かって歩きかけようとまでした。だが、そのたびに私は引き返して物陰になった場所に戻り、地面に突っ伏して改めて誘惑と闘った。

駄目だ、そんなことはできない。私は紳士であり、道義心もある。得られるものに比べればその代償はつまらないものかもしれないが、代償を払って済む話ではない。私はフィリッパの幸せのためにこれまで全身全霊を傾けてきた。しかし彼女のためとはいえ、無実の男を理不尽な死に追いやることはできない。そんな罪を犯すことは、あまりにも邪悪で、あまりにも卑劣で、あまりにも陰湿ではないか！　男の死に道義的な責任を負うことになったら、最高に幸せな人生を手に入れたところで、私の良心が安らぐことはない。悔恨と恥辱が私を自殺に追いやるのは時間の問題だろう。

罪はあっさり犯され、悪は善よりも人を惹きつける、と聖職者は言う。確かに安易に犯される罪もあるかもしれない。だがあえて言おう。普通の人間にとっては――道徳の規範を学び、破廉恥で臆病だと思われることを怖れる人間にとっては――犯すよりも避けたほうがずっと容易な罪もある。すべての罪が簡単に犯されるものではない！

だがいずれにしても、私の葛藤は人間の本質にかかわるものだ。ときどき私は――気のせいかもしれないが――今でもあのときの葛藤を心のどこかで引きずっているような気がする。私がその葛藤に打ち勝つことは、もっとも身近な愛する人を破滅に追いやることを意味していた。私をとらえた誘惑は、誰も経験したことのないものだと言えるのではないか？　とはいえ、このことを書き記すにあたって、私が誘惑に負けなかったと自慢するつもりは毛頭ない。進んで誘惑に従おうとしたのだが、そうすることができなかっただけなのだ。

なんとか葛藤を克服して誘惑を退けたところで、初めて私は、自分が犯そうとしていた罪がまったく無意味だと気づいた。サー・マーヴィン・フェランド殺害の容疑者がその罪を償ったとして、そのことは遅かれ早かれフィリッパの耳に入るはずだ。そのとき――取り返しがつかない事態に至ったことを知ったとき――私たちはどうなるのだろう？　私は、妻の繊細で熱情的な性格を知り尽くしている。その知らせが彼女にとって致命的な一撃となることは火を見るより明らかだ。

ではどうすればいいのだ？　ようやく思いついた不道徳な方策は実行できるものではなかったと悟り、私は他の逃げ道を探し求めた。私がイギリスへ戻り、殺人犯は私だと申し出たらどうなるだろう？　フィリッパを守るためなら喜んで自分の命を投げ出すつもりだったが、私の思考力はかなり弱ってきていたようだ。いっときといえども、そんなことで苦境から抜け出せると思うとは！　私の頭はおかしくなってきたのではないか？

私は、知恵を絞って思いついた新しい方策の馬鹿馬鹿しさに、苛立った笑い声をあげた。フィリッパがどんな女性か、このような自己犠牲に彼女がどう反応するか、私は忘れていた。私が彼女を愛しているのと同じくらいに彼女も私を愛していることを忘れていた。彼女のために――おぞましいあの夜の結末から彼女を救うために――私が死を選んだりしたら、彼女自らが罪を償おうとして、悪魔さえも考えつかないような悲惨な結果がもたらされるだろう。

駄目だ！　容疑者の男に罪をかぶせたとしても、自分の命を犠牲にしたとしても、フィリッパを救うことはできない。延々と心の中で闘いつづけ、もがき苦しみながら、できそうもない方策を考えてはひとり悩んでいたが、やがて出発した地点に戻らざるを得ない時間が迫ってきた。どう考えても、フィリッパが自首してこの男を解放するしかない。それ以外の選択肢などあり得ないのだ！

すでに一日が、ほぼ一日が、過ぎてしまった。裁判は二十日に開かれる。イギリスへ行くためには——裁判を止《と》めるためチューナムへ着くためには——昼も夜も休みなく旅しなければならない。昼は陽光が降り注ぎ、夜は星が輝くスペインを縦断し、心地よいフランスの風景をあとに、初秋のやすらかな静けさに包まれた母国に大急ぎでたどり着かなければならない。愛する妻のフィリッパを、破滅へと導かなければならないとは！

私は起き上がった。疲れ果て、手足は棍棒で殴りつけられたようだ。重たい身体を引きずってゆっくりと家に向かった。「フィリッパに話さなければならない。フィリッパにすべてを知らせなければならない。だが、どうやって知らせるのだ？」私は歩きながらぼそぼそつぶやいた。よほど惨めな姿だったのだろう。すれ違ったセビリアの人たちの何人かが心配そうに振り返り、私の様子をうかがっていたようだった。怯えた死刑囚がゆっくりと絞首台に引かれていくような足取りで、私は心地よい我が家の門へと歩を進め、よろめきながら、人生で最高に幸せな日々を過ごしたかぐわしい空間へと入っていった。

パティオへ足を踏み入れるとすぐに、昔どこかで読んだ物語が頭をよぎった——過ぎ去った時代の残酷な物語で、いつどこで読んだ話かはまったく覚えていないが、ある囚人が、彼を捕らえた人々から愛する女性の胸に短剣を突き立てるよう迫られるというものだった。

今の状況はその物語そのものではないか。

どうか私を憐れんでくれ！

第十三章　最後の望み

母と妻はパティオで椅子に座っていた。二人は幸せそのもののように見えた。大きな扇をゆったりと左右に揺らしている。扇を使うことはフィリッパが思いついたものだったが、母もだいぶ練習して使い方を身につけていた。フィリッパはしなやかな左腕を伸ばし、噴水から白い大理石の池に落ちる透きとおった水を美しい手で受けていた。池の中では、金色の鯉が思い思いの方向にすいすい泳いでいる。フィリッパはゆっくりと指を前後に動かして、おずおずと近づいてきた鯉をびっくりさせ、その様子を見て微笑んでいる。母は、まばゆい金色の世界に混乱をもたらした彼女の振る舞いをたしなめようとしているようだった。

あのときの様子はいまだに私の日に焼きついている。なんて穏やかな光景だったのだろう！　私はペンを置いた。今でもそれをまざまざと思い起こすことができる。深い悲しみが薄らぐことはあっても、このときの光景で私の脳裏から消えたものは何もなかったし、これからもずっとないだろう。

誰に見られることもなく、誰の姿も目にすることなく、ひとりきりで自分と闘ったことは、フィリッパにとっても私にとっても正しい選択だった。新聞記事のことを彼女に話せば何が起こるかわかっていたので、私は二人に近づくのをためらった。さっきまで闘っていた誘惑の亡霊がまたもや私の前に姿を現わしたが、出てくるのが遅すぎた。賽《さい》は投げられた。フィリッパは私をじっと見つめている。

母の視線も彼女のあとを追った。私は覚悟を決め、できるだけ軽い足取りで二人のほうへ近づいていった。母は冗談めかし、フィリッパと自分をほったらかしにしてどこかへ行ってしまうなんて、と抗議した。私は母の言葉を聞き流した。妻と目が合った。

フィリッパには何も隠すつもりはない。そうしたところで何になる？　最悪の事態が――まさに最悪の事態が――訪れたのだ。私の目を見て、妻は状況を悟ったようだった。

彼女の美しい顔が危機を察知して赤らんだ。唇が震えている。一瞬、苦悩の色が目に宿った。だが、どうすることもできない。まったくどうすることもできないのだ！

彼女は立ち上がった。私はもっともらしい言い訳を言って自分の部屋へ入った。フィリッパもすぐにあとを追ってきた。

「バジル、愛するバジル」彼女がささやくように言った。「ついに来たのね！」

私はテーブルに突っ伏してむせび泣いた。フィリッパは私の首に腕をまわした。

「きっとそうなると思っていた。ずっと前からわかっていたの。バジル、泣かないで。もう一度言うわ。私はあなたから愛されるような女じゃないのよ」

私は、フィリッパの顔に何度もキスをして、彼女を胸に抱き寄せた。愛の言葉があふれ出た。フィリッパは弱々しく微笑み、どうすることもできないというようにため息をついた。私の胸が張り裂けそうなため息だった。

「バジル、全部話して」彼女は静かに言った。「最悪の事態になったのね」

私は声が出なかった。どうしても言葉が出てこなかった。震える手で新聞を取り出し、運命を決する記事を指し示した。彼女が落ち着いて記事を読んだので、私はかえって不安になった。

「こうなるだろうと思っていたわ」彼女はそう言っただけだった。私はフィリッパの前にひざまずき、彼女を抱きしめた。気が狂いそうだった。時折、私が〝愛している〟と叫んだだけで、二人のあいだに長い沈黙が落ちた。

やがて彼女は、私の頭を優しく持ち上げ、悲しげな美しい目で私を見つめた。

「バジル、あなたは間違っていたのよ。善は善、悪は悪。あなたがしたことをよく考えて！　あなたが私を助けようとしなければ、責任を負わなければならないのは私ひとりだった。今では私とあなたの二人になって、さらにもう一人の――なんの罪もない無実の人の――人生も滅茶苦茶にされようとしている」

「許してくれ！　許してくれ！」私は声を張りあげた。「私を愛してるなら、どうか許してほしい！」

彼女は私にキスをした。「私こそごめんなさい。あなたを責めるつもりはないの。責められるのは私だけよ」それから急に声の調子を変えて言った。「いつ私たちはイギリスに向かうのかしら、バジル？」

こうなることは予想していたものの、実際にそう言われると全身に震えが走った。イギリスがなにを意味するのか、私は百も承知していた。フィリッパが公開の法廷で被告人席に立ち、呆気にとられている人々の前で、夫を殺したと証言することにほかならないのだ！　その姿を思い浮かべると、土壇場で、ふたたびあの誘惑が私を襲ってきた。

私は話しはじめたが、彼女の視線を避けた。どうしても目を合わせることができなかった。しゃがれた調子はずれの声になり、他人が話しているみたいだった。心の底のほうに沈んでいた考えが頭をよぎった――彼女が苦しみを分かち合ってくれるなら、私はどんな重荷でも、どんな不名誉でも耐えられるだろう。

「聞いてくれ！」私は口早に言った。「私たちはイギリスから遠く離れたところにいる。ここは安全だ。私たちは互いに愛し、幸せでいられる。この男のことは運命に委ねよう。私たちが愛し合って一緒にいられるなら、それでいいじゃないか？」

フィリッパは私と目を合わせようとしている。私の手に加えられた彼女の手の力が変わるのを感じた。彼女は私よりもはるかに気高くまっとうな人間だった。

「バジル」彼女は優しく言った。夢の中で話しかけられたような声だ。「その言葉は、私の夫のものじゃない。私の愛する人のものじゃない。あなたの大きな愛、あなたが私のためにしてくれたこと、あなたが私にしようとしていたことを思って、その言葉は聞かなかったことにするわ。イギリスへ出発するのはいつなのか教えてくれないかしら？」

フィリッパの言葉で私は正気を取り戻した。私の愛が最高に燃えさかっていたときでさえ、今ほど彼女を愛おしいと感じたことはなかった。私は彼女に許しを請うた。彼女はそれを受け入れ、同じ質問を繰り返した。

絶望に慣れきった人間のように、私は落ち着き払って鉄道の時刻表を調べた。明日の始発でセビリアを出発し、昼夜を問わず進みつづければ、二十日の朝早くには裁判が開かれる町にたどり着けそうだ。私はそのことを妻に告げた。出発まで時間があるとわかって安心すると、彼女は旅の手配をすべて私に任せた。

もうひとつ悩ましい問題があった。母には言うべきだろうか？　フィリッパは、心の奥のほうでは、法廷に向かう自分を思いやって支えてくれる女性を切望していたのだろう。最初、彼女は母に秘密を打ち明けるべきだと言った――秘密といっても、数日のうちに世間で噂されるものだが、私はそれだけはやめにしようと頼んだ。ぎりぎりまで母の気持ちを乱したくなかったのだ。駆け足で進むこの旅に母を連れて行くわけにはいかない。私たちは若いが、母は歳を取っている。旅の疲れに心痛が加われば、母の身体は耐えられないだろう。一日か二日のうちにイギリスから届くだろう悪い知らせを気に病みながら、母はひとりセビリアに残って、その知らせがくるのを待たなければならなくなる。その姿を想像することは、私には耐えられなかった。この惨めな旅については何も言わないでおこう。気づかれないように旅立ち、それらしい理由を書いた手紙を残しておけばいい。

最後はフィリッパも了解してくれたので、私は胸をなでおろした。私たちはかなりの時間、涙を流しながら抱き合ったあと、意を決して母と夕食を共にし、心の中で荒れ狂う嵐を母に気づかれないよう振る舞わなければならなかった。神経の糸が切れてしまいそうな緊張に私たちは長くは耐えられなかった。こうなった今では、妻と二人で過ごす以外の時間は貴重な宝物を捨てているようなもので、私はこの損失を生涯にわたって悔やむことになるだろう。私たちは早々に、疲れたのでもう休むことにすると母に告げた。眠れるはずもないのに！

フィリッパはおやすみなさいと言うと、気持ちを込めて母を長いあいだ抱きしめていた。母が何かおかしいと感づくのではないかと私は気が気でなかった――しかもそれにつづいて、さりげなく装ったとはいえ、私も同じように感情を込めて就寝の挨拶をしたのだから。私たちがふたたび母に会えると誰が言えるだろう？　フィリッパは気づいていないようだったが、彼女と行動を共にするということは私にもかなりのリスクが伴う。それに考えが及んでいたら、彼女は一人で行くと言い張っただろう。だが私は、あの夜にとった振る舞いのせいで自分も厳しい罰を受けるだろうと覚悟していた。それがどうしたというのだ？

　無言のまま悲しみを胸に部屋に戻った私たちは、翌朝からはじまる旅の支度をはじめた。大きな荷物を持って行く必要はなかった。裁判が終わるまでベッドで寝ることはないだろう。そのあとフィリッパがどこで寝ることになるかは、神のみぞ知るだ！　荷造りは早々に終わった。

　私は手紙を書いた。翌朝、母が使用人から手渡されるか自分で見つけることになるものだ。私は母に告げた。重要な用事ができたので、大至急、イギリスに戻らなければならない。私は母と一緒に行くことになった。ロンドンに着いたらすぐに手紙を書く。それ以上の説明はしなかった。母は常々、私のことを気まぐれな性格だと言っていたので、この突然の旅立ちもそのせいにしてくれないかと願った。

　どう取り繕おうと、どうでもいいことだった。一週間もすれば、そんなものは何の意味もなくなるからだ。悲しみが――耐えきれないほどの悲しみが――私を襲うだろう。フィリッパも、私を愛している母も、その悲しみを分かち合うことになる。

　出発の準備がすべて整い、私たちは少しだけでも眠ろうとした。だが、それは愚かしいほど空しい努力だった。二人で過ごす最後の夜になるかもしれず、妻も私もまぶたを閉じる気にはなれなかった。私には底知れぬ苦しみがあった。フィリッパには運命を受け入れた静けさがあった。それらについてはヴェールをかぶせることにしよう。言葉にするにはあまりにも神聖すぎる悲しみもあるのだ。

　朝が来た！　晴れ渡った明るい空が広がり、冷たく澄んだ空気が花の香りをただよわせている。眠らなかったことで、少なくとも私たちは目を覚ましたときに感じる苦しみを味わわずに済んだ。光があふれる夜明けの美しさの中に身を置いて、この朝が私たちにとって何を意味するかを思い起こさずに済んだのだ。余裕をもって駅に着けるようにと、私たちは早めにそっと部屋を抜け出し、涙でかすんだ目で心地よさそうなパティオに足を踏み入れた。真ん中まで進んだところで私は立ち止まり、大きなオレンジの木からかわいらしい花をつけた小枝を折って、それにキスをしてから妻に手渡した。彼女は黙ってそれを受け取り、胸のあたりにつけた。そのときマントの胸元が開き、私は初めて、彼女があの運命の夜の服を着ていることに気づいた。これから通過する熱帯といっていいほどの気候にはまったくそぐわなかったが、私は何も言わなかった。なにはともあれこんな非常時なのだから、彼女のささやかな希望は尊重されるべきなのだ。

鋲が打ってある木製の重い扉をそっと開け、私たちはパティオの門を出た。誰にも見られずに、私たちは暗く狭い通りへと歩を進めた。荷物は軽く、駅もそんなに遠くなかったので、何の苦もなく運ぶことができた。おかげで駅には思ったよりも早く着いた。

列車がやって来るまで、しばらくそこで待たなければならなかった。およそ急ぐという考えが頭にないスペイン人気質の例にたがわず、列車は遅れて到着した。私たちは黙って座席に着いた。やがて重量感あふれる機関車がゆっくりと動き出した。私たちは隣り合わせに座り、今まさに立ち去ろうとしている美しいセビリアの街を喰い入るように見つめた。最後の一瞬まで——そびえ立つヒラルダの塔が視界から消えるまで——見入っていた。このとき初めて、私たちが何に向かってまっしぐらに突き進んでいるかを、私ははっきりと悟った。

いま思い返すと、次の三日三晩は、ぐるぐる駆けめぐる夢を見ていたような気がする。数カ月前、焦燥感にかられて走り抜けた同じ大地を、私たちは待ち受ける運命に向かってひた走りに走っている。苦労を重ねてどうにかやり遂げたことが何の意味もなかったという思いがして私は歯嚙みした。予防措置を取らなかったからでも、法に命じられたからでも、権力に強いられたからでもない。ただ善と悪の原則に従い、自らの意志で危機に立ち向かうために、逃れてきた道を引き返している。なんと皮肉な運命だろう！

今の私にとって金が何になる？　塵芥《ちりあくた》と同じではないか！　ただひとつ役に立ったのは、この旅で惜しまずに金を払ったおかげで、フィリッパと私が二人きりで過ごすことができ、旅のあいだ人目を気にせずに済んだことだった。それだけのことだ！

しかし二人きりだったとはいえ、ほとんど口を利かなかった。私たちの心中は言葉で表わせるようなものではなかった。私は彼女の手を握り、彼女は私の肩に頭をあずけていた――眠れるときには眠り、起きているときには互いの顔を見つめ合った。私たちは、太陽が輝き星が瞬くこの大地を進めば進むほど、最後の時が近づいていることを知っていた。何ということだ！　そのとき私は、深い悲しみに打ちひしがれて自らの命を絶つ恋人同士が、なぜ互いの腕に抱かれ、笑みを浮かべながら死んで行けるのかを理解した。私たちもそうすることはできただろう。しかし私たちは見知らぬ男の命を救おうと先を急いでいる。二人が死ぬということは、その男を見殺しにするということなのだ。

このようにして時間が、昼と夜が、夢でも見ているかのように過ぎ去っていった。車窓から見えたのは、この世でもっとも美しい景色だったかもしれないし、不毛の荒れ地だったかもしれない。私たちはほとんど列車の窓から外を眺めようとはしなかった。私にとって世界は列車の中だけにある。

今では、ロンドンと指呼《しこ》の間《かん》にあるかに見えるパリを過ぎた。私は自分を奮い立たせ、この先どうすべきかフィリッパと話し合った。一番まともな方法は、事務弁護士のところへまっすぐ行って事情を説明し、然るべき手はずを整えてもらうことだ。だがそれは無理だった。私たちの秘密はまだ二人だけのものなのだ。それに、この惨めな時間を過ごしているあいだに一条の希望の光が私の心に差し込んでいた。フィリッパが私の提案を受け入れて私の言うとおりにしてくれるなら、私たちが救われる見込みが――自らの手をひとつも汚すことなく救われる見込みが――まったくないというわけでもない。

「愛するフィリッパ」私は小声で言った。「ロンドンには、今夜のうちに着くはずだ」

私の手を握っている彼女の指に力が入った。「チューナムには――」彼女は訊いた。「間に合うかしら？」

「充分間に合いそうだ。だけどフィリッパ、その前に聞いてほしいことが――」

「バジル、私を愛してるなら、私をそそのかして引き返そうとしたりしないでね」

「そんなことはしない。とにかく聞いてほしい。フィリッパ、もしきみが私の言うとおりにしてくれれば、まだうまくいく可能性がないわけじゃないんだ。あの男は――」

「私の身代わりになっているあのかわいそうな人のこと？」

「そうだ。聞いてくれ。神に誓ってきみをそそのかすようなことはしない。よく考えてほしい。どうみてもあの男は貧しい暮らしをしている。フィリッパ、私にはお金がある。たくさんある」

「何を言いたいのかしら？」彼女は額に手をやった。

「お金はどんなものでも償ってくれる。あの男には法廷に立ってもらおう。彼は無実だ。この世に正義があるなら、無罪になるはずだ」

「でも、その人はひどい苦しみを味わうでしょう！」

「その苦しみに対して、私はどんな償いでもするつもりだ。彼にとって、千ポンドというのはとてつもない大金だろう。どんな人間だって、知らない相手からそれだけの補償金が送られてきたら、誤って告訴されたことをむしろ感謝するだろう。いろんな角度からこの件を見てみようじゃないか。誓って言うが、私たちは良心に恥じることなく裁判の結果を待つことができるのだよ」

妻はため息をついたものの、何も答えなかった。彼女が黙っているので私は嬉しくなった。私のもっともらしい言い分に心が動いたのかもしれない。彼女の手を取りキスをした。愛していると何度も繰り返し、フィリッパの人生ばかりでなく、私の人生も、彼女が私の提案を受け入れてくれるかどうかにかかっていると言った。

彼女は承諾するのにかなり時間がかかった。自分が犯した罪のせいで、一人の人間が、おそらく何カ月ものあいだ拘置所に入れられたあげく、明日、法廷で辱められる。フィリッパはこの現実に、その高潔な性格では耐えられないほどの苦痛を感じているのだろう。私たちが破滅から救われる唯一の方策がはねつけられるかもしれないと思うと、私はしだいに焦りが募っていった。フィリッパの潔癖すぎるほどの倫理感が私の考えを拒むかもしれないと思ったのだ。とうとう私は、最後の切り札を示したほうがいいだろうと判断した。心神喪失のうちになされた行為によって苦しむのは、彼女ばかりではなく、夫である私も事後従犯として罰せられることになる、と私はフィリッパに告げた。

神よ、この言葉が愛する人を苦しめたことを許したまえ！　夫も危険な立場にあると気づかせたこの言葉に、フィリッパは雷《かみなり》に打たれたかのように座席にへたり込んだ。顔は青ざめ、わなわな震えている。たとえ私が、妻の私への愛を疑っていたとしても、その姿を目にしたら、そんな疑いなど吹き飛んでいただろう。

フィリッパは私に、次の駅で降りてほしいと懇願した。自分だけが旅をつづけ、罪の告白は一人ですると言うのだ。私の返事は短かかったが、それはできないとフィリッパを納得させるだけの長さは充分にあった。私の気持ちを思いやったのだろう、彼女はようやく私の説得を受け入れた。

「だけど条件があるわ——ひとつだけど」フィリッパは言った。

「私の提案を受け入れてくれるなら、他のことはすべてきみの好きにしていい」

「私は法廷に入って裁判を傍聴しなければならないわ。最悪の事態になったら、一刻の猶予もないんだから、私はその場でただちに真実を告白しなければならないのよ」

「きみは近くで待っていてくれないか——すぐ近くで。法廷に入るのは私だけでいい」

「駄目よ！　私もその場にいる。すべてをこの耳で聞いて、すべてをこの目で見なければならないわ。有罪の評決が下ったら、恐ろしい判決が言い渡される前に、私は立ち上がって、その人は無罪だと宣言しなければならないのよ」

「それは裁判のあとでもできる」

「いいえ、その場にいるのが大事なの。バジル、想像してみて——もし自分がその人の立場だったとしたらって。身に覚えのない犯罪で死刑を宣告される苦しみは、どうやったって償えないわ。私はそこにいなければならないのよ。私が裁判を傍聴することさえ約束してくれたら、あとはあなたの望みどおりにするわ」

私にとって、これがぎりぎりの譲歩だった。私は実際にどうなるかは言わないで、そうすると約束した。判決が言い渡されるときに一人の女性が傍聴人席で立ち上がり、被告人は無実で私のやった犯行なのだと主張したとしても、即刻、退廷させられるだけだ。どちらにしても違いはない。フィリッパが告白するまでもなく、その男は無罪になり、私たちは次の列車に乗ってセビリアに向かうことになるだろう。
まだ望みは消えていないのだ！

第十四章　刑事法廷

九月二十日午前四時、私たちはチャリング・クロスに着いた。チューナムに向かう最初の列車がリヴァプール・ストリート駅を七時に出るので、休息をとろうと思えば一、二時間は仮眠することができる。いっときも休まずに旅をつづけてきた疲れに加え、今日これから起こることに対する不安で、私たちが疲労の極限に達していることは容易に想像できるだろう。実際、この悲惨な旅の大詰めに向かってこのまま突き進むよりも、ベッドに入って一週間眠りつづけるほうがはるかにふさわしい状態だった。

だが、どうしようもなかった。間に合うためには、朝の早い列車で発たなければならない。妻に、横になって一時間でもいいから眠ったほうがいいと促したが、彼女は頑なに拒んだ。運命を決するニュースを知らせたときから、妻はずっと冷静さを保っていた。しかし今ではそれも失われ、気持ちがかなり昂《たかぶ》っているようだった。なんとか自分を抑えようとはしているが、私の目にはそれがはっきりと見て取れた。裁判までにチューナムに到着できないのではないかという不安が、いつもつきまとっているらしい。横になって眠るのを頑として受けつけないのもそのせいだろう。まぶたを閉じたら最後、極度の疲労から何時間も眠りつづけ、列車に乗り遅れてしまうのではないかと恐れていたのだ。こうしているあいだもフィリッパは、見知らぬ男が死刑宣告を耳の中で響かせながら、惨めな姿で被告人席から引っ張り出されて行く光景を思い描いているのだろう。

　チューナムに出発するまでの時間はホテルで過ごした。フォークストンに着くとすぐに、電報を打って部屋を予約しておいたのだ。ホテルではほんの申し訳程度の食事をした。早朝のそんな時間にまともな食事などとりようもなかった。私たちは無言で座ったまま、時計の針をじっと見つめていた。貴重な時間がまたたくまに過ぎて行くのを私たちに告げている。朝の弱い光とガス灯の黄色い光が競い合い、最後に朝の光が勝利を収めるのを眺めるうちに、下の通りを行き交う馬車や人々のざわめきがしだいに大きくなっていった。どうやら最後の別れと呼ぶにふさわしい時に差しかかったようだ。今日が私と妻の永遠の別れにならないと誰が言えるだろう？

　ホテルにいるあいだに〈タイムズ〉紙の綴じ込みを手に入れようとした。紙面をさかのぼって、この不運なウィリアム・エヴァンスに対する治安判事の予備審問の記事を見つけようと思ったのだ。当然のことながら、その男は予備審問には出廷しているはずだ。予備審問の記録を見れば、彼に対する容疑がどの程度のものか見極められるかもしれない。だが、その綴じ込みは手に入らなかった。おそらくここにはないのだろう。あるいは眠そうな目をしたドイツ人のウェイターが、私のほしいものが理解できなかったのかもしれない。仕方なく、この無実の男になぜ容疑がかけられたのかは謎のまま、ホテルを出て馬車でリヴァプール・ストリート駅へ向かった。

　午前九時、旅は終わり、私たちはチューナム駅のプラットホームに降り立った。かわいそうな妻は厚めの黒いヴェールをかぶっているので顔は見えなかったが、死人のように蒼白になっているに違いない。時折、痙攣したように、私の腕に置かれた彼女の手に力が入った。私たちはこの世でいちばん不幸せな夫婦なのだ！

私たちには、別れを惜しんだり今の境遇を嘆いたりする時間さえ許されていなかった。古い教会塔の鐘が九時を告げた。裁判所が開くのは十時だった。何カ月も前に起きた殺人事件の裁判とはいえ、大衆がきわめて高い関心を寄せているのは確かだ。今すぐシャイアホールに向かわなければ、法廷に入れる見込みはまずないだろう。私は駅の外で客待ちしている辻馬車を呼んだ。

そのとき、肩に誰かの手がしっかり置かれるのを感じたかと思うと、よく響く人懐っこい声が、

「バジル・ノースじゃないか！」と驚いたように言った。聞き覚えのある声だった。

こんなときに明るい声で呼びかけられるのは場違いな感じがして腹立たしげに振り向くと、目の前に昔の友人が立っていた。グラントという私より四、五歳年上の法廷弁護士だ。友人との付き合いをきっぱり断つまでは、親友と言ってもいいほどの間柄だった。彼とはかなり長いあいだ会っていなかったが、弁護士として目覚ましい成果を上げているという噂を耳にしたことがある。

不安にさいなまれていたにもかかわらず、私は挨拶を返し、心を込めて彼の手を握った。私にもまだ友人が残っていたのだと知り、なにはともあれホッとした気分になった。

「どうしてここに来たんだ？」私は訊いた。

「こんなところへ来る理由はひとつしかない――巡回裁判だよ。今日は大事な訴訟があるんだ。だけどロンドンに近いこんなところで裁判があるというのは最悪だな。夜はロンドンに出かけたくなる。そんなことをしたら、翌朝はとんでもない時間に起きる羽目になってしまうからね。きみこそどうした！　どうしてこんなところにいるんだ？　ミダス王みたいに大金持ちになって、優雅に外国で暮らしているって聞いていているけど」

「しばらく外国で暮らしている。そろそろイギリスに帰ろうかと思ってね」

「なんて幸せな男だ！」彼は声を高くして言った。私は苦笑せざるを得なかった。今の私にこれほどふさわしくない言葉はなかったからだ。

グラントは話しながら、フィリッパにちらっと目をやった。厚めのヴェールと地味な装いをもってしても、彼女の優雅さと美しさを覆い隠すことはできなかった。

「だけど、どうしてこんな眠くなりそうな古くさい町に来たんだ？」グラントが重ねて訊いた。

一瞬、私は口ごもった。それから、本当のことを――少なくとも半分は本当のことを――言うのがいちばんいいだろうと思い、殺人事件の裁判を傍聴しに来たと答えた。

「法廷の中には入れないだろうな」彼は言った。「この町の人たちは、異常なまでの関心を示しているそうだ。地方行政官のところには傍聴券の申し込みが殺到したと聞いている」

「手を貸してくれないか？　実は、この裁判を傍聴したいと望んでいるのは単なる好奇心からではなく、個人的な理由があるからなんだよ」

「難しいとは思うけど――」グラントはそう言いかけて、「きみの――そちらの女性も傍聴を希望しているのかい？」と訊いた。

「従妹なんだ」私は言った。グラントは紹介されるのを待っていたようで、帽子を脱ぎ、フィリッパに感じよく丁寧に挨拶した。驚いたことに、彼女も従妹にふさわしい態度で落ち着いた挨拶を返した。

グラントは私に妹がいないことを知っていた。彼女を従妹だと紹介したのは、ある大それた望みを私がいだいていたからだった。最悪の事態になった場合、私たちの本当の関係を隠して、フィリッパのために有利な証言をすることが許されるかもしれないと思っていたのだ。妻も、この嘘にはそれなりの理由があるだろうと気づいていたはずだ。

「私のためになんとかしてくれないか、グラント」私があまりにも真剣に訴えたので、私の友人はそれ以上は断れなかった。

「きみの馬車に乗せてくれ。何かできることはないか考えてみるよ」

シャイアホールへ向かう馬車の中で、私はグラントに、もうすぐはじまる裁判について知っていることがあるか訊いてみた。

「何も知らないよ」彼はあっさり言った。「殺人事件は嫌いでね——関係する資料も読みたくないくらいなんだ。もちろん、サー・マーヴィン・フェランドが殺されて何日も雪の中に埋もれていたことは知っているが、それ以上のことは何も知らないね」

「被告人はどんな人物なんだい？」

「私は知らないけど、そんなに心配しているところを見ると、きみの知り合いなんだな」

「有罪になるだろうか？」

「さあ、どうかな。そう言えば、昨日、起訴の根拠がかなり薄弱だと事情通の人物が言っていたよ。大陪審が起訴状を提出するかどうか疑わしいって」

これを聞いた私は、フィリッパの手をこっそり握りしめた。彼女の手は震えていた。

シャイアホールまでは数分もかからなかった。私たちは一般用の入口には行かなかった。正面の道路に人があふれていて、そこをふさいでいたからだ。別の扉の前に立ち止まり、グラントはあたりを見まわして警部とおぼしき人物を見つけた。二人は二言、三言、言葉を交わし、私たちはその警官の案内で中に入った。

「これは規則違反だ」グラントは別れの挨拶を言いながら、そうささやいた。「それに見合うだけのチップを頼むよ」

私たちは警官のあとについて行った。フィリッパは、しっかりした足取りだったが、私の腕に身体をあずけるようにもたれかかっている。裁判所は大きすぎて、どの扉から入ったのかわからなくなるほどだった。がっしりした身体つきの警官の案内で、足音が響き渡る広い石の廊下や狭い通路をいくつも通り抜け、ようやく両開きの扉の前に出た。無地のオーク材の扉には、古い字体で〝刑事法廷〟と記されている。

フィリッパは身震いした。扉の表示を見て、いかに自分が恐ろしい状況に直面しているか痛感したのだろう。私はさりげなくソブリン金貨を一枚、チップをもらえば何でもしそうな警部（あるいは警部ではなかったのかもしれないが）に手渡した。それから、妻の手を取り、物音ひとつしない両開きの扉を開けて閑散とした法廷に入っていった。

数人の警官と裁判所の職員が手持ち無沙汰にしている。私たちと同じような方法で許可を得たと思われる人々が二、三人、裁判がよく見える席を見つけて座っている。私はフィリッパを連れて幅の広い階段を上り、一般傍聴用の硬い木製ベンチのひとつを指し示した。階段状のベンチは傍聴人席の上のほうまでつづいている。私たちは法廷の右側に位置するベンチの中段に席を取った。フィリッパはヴェールを顎のあたりまで下ろしていたので、誰にも気づかれずに弱々しくベンチに座った。私も隣に腰を下ろし、彼女が羽織っているマントの下にそっと手を伸ばして彼女の手を握った。

きっとすべてが夢なのだ――生々しい恐ろしい夢なのだ！　目を覚ませば、陽気なセビリアで、パティオにある大きなオレンジの木の下にいる。吸いかけの葉巻と読むともなく読んでいた本が足元に落ち、向かいに座っている母はうとうとしている私を笑顔で見ている。フィリッパの黒い瞳が、永遠につづく穏やかな愛を込めて私をじっと見ている。目を覚ましたときには、真昼の太陽のぎらつきが消え、ほどよい涼しさの夕方になっているかもしれない。私たちは、はなやいだ通りを抜けてアラメダ広場をぶらつき、夕日にまばゆく照らされたアルカサル宮殿の庭園を散策しているだろう。あるいは微笑みかける肥沃な大地を何マイルも馬車を走らせているに違いない。目覚めてみたら、あの小さな家でひとり寂しく暖炉のそばでうたた寝しているということだってあるかもしれない。身近にいるのは、愛想のないウィリアムだけだ。フィリッパの来訪、吹雪、おぞましい発見、逃避行、セビリア、結婚、すべてが夢なのだ！

疲労と苦悩のせいで一時的にそうなったのだろうが、私は一種の放心状態でまわりを見まわし、自分はどこにいるのだろうと思った。

このがらんとした広い部屋はいったい何だろう？　片側の壁にある教会風の大きな高窓からは光が差し込んでいる。くすんだ灰色の空虚な壁、黒い垂木《たるき》が交差して小さな方形の模様をつくっている高い天井、ほとんど足音がしない鉛の床、これらはいったい何だろう？　部屋の両側の一段高くなったボックス席、その近くの手すりに囲まれた小さな壇、それに隣接して正面に見えるオーク板が貼られた構造物、これらは何なんだろう？　彫刻がほどこされたコーニスの下にある横長の箱型の物は？この色のない陰気な世界から逃げ出そう！　目を覚まし、スペインの我が家にいて、花々、オレンジの木、ありとあらゆる美しいものに囲まれていることを、私にわからせてくれ！

いや、違う！　私が今しなければならないのは、うつろな目を目の前にある空間の中心に向けることだ。そうすれば、私が夢を見ているのではなく、ここで私たちの運命が決まるまで待たなければならないことを知るだろう。上部に細い鉄の手すりがついた長方形の高い木の囲いが、私を現実に引き戻した。それは被告人席だった。一時間後、そこに一人の男が立つ。彼は、ここから最上段だけが見える石の階段を上がって被告人席に連れて来られ、何時間もそこに立つことになるだろう。被告人席を離れる前に、無罪か有罪かが宣告される。つまり、私たちの人生が幸福になるか悲惨になるかが宣告されるのだ。

私は、妻の手をさらに強く握った。一緒に過ごす最後の時間が、こんなにも速く過ぎ去るとは！こんなにも速く！

ボックス席の下の時計はもう九時半を指している。閑散とした法廷では、裁判の準備がはじまっていた。警官や裁判所の職員が行き交い、まもなく最前列の席に着く法廷弁護人と事務弁護人のために、資料を用意したり、インク瓶を補充したり、羽ペンを置いたりしている。嫌味ったらしい皮肉に見えたのは、空席の裁判長席の左右に色鮮やかな花束が置かれたことだ。このような場面にふさわしい花などあるだろうか？　花束はまた、私たちが二度と目にすることができないかもしれないスペインの洒落た我が家を思い出させるほどに美しかった。この悲しみの洞窟に花束を飾るなんて！　座席も、梁も、すべて黒で覆われるべきなのに！

そのとき法廷の両側の扉が開け放たれた。大勢の人々が廊下を歩くざわめきが聞こえた。人の流れが切れ目なく入口を通り抜け、一般用の傍聴人席めがけて進んできた。ものすごい勢いで、どっとたくさんの人々が押し寄せたため、十分もしないうちにほとんど窒息しそうな状態になった。フィリッパと私は両側から押されて席のあいだを詰めた。ベンチ席は一インチの隙間もないほどぎゅうぎゅう詰めになった。法廷は満席だった。

どの席も社会的地位の高そうな身なりのよい人々で埋まっている。彼らは地方行政官のはからいで入廷を許可されたのだろうと噂されていた。きっと立派な人たちなのだろうが、誰もが、男であれ女であれ、我先にと突進し、なるべくいい席を取ろうと争った。いったい何のために？　哀れな男の命がかかった裁判を、その目で見て、その耳で聞くためではないか！　私は苦々しい思いを胸にいだきながら、刺激を追い求める人々へ憎悪の目を向けた。刺激に対する彼らのいやらしい欲求が期待した以上に満たされると思うと、ますます嫌悪感が強くなった。ふと、ある光景が思い浮かび、歯を食いしばった――フィリッパが揺るぎない決心を実行に移そうと立ち上がり、自分の犯した罪と有罪を宣告された男の無実を必死で訴えている。なんとかこの光景を頭から追い払おうとした。司法が誤ることなどおよそあり得ないのだから、男は無罪になるはずだと自分に言い聞かせたが、最悪の事態になるという恐怖が繰り返し襲ってきた。私は傍聴人全員に憎悪を感じた。やがて彼らは呆気にとられた顔で、私の愛する女性に驚きと好奇の目を向けることになるだろう。

何気なくあたりを見まわすと、知っている顔がいくつかあった。複数の紳士が入廷し、通常は弁護団が占める席に着いた。そのうちの何人かは見かけたことがある。ローディング近辺の地主たちで、大陪審の陪審員として呼ばれたのだろう。鷹を思わせる尖った顔つきのウィルソン夫人もいた。ありがたいことに私たちより前のほうの席に座っていたので、気づかれずに済んだようだ。彼女も私たちと同様、今日、無実の男が裁かれる運命にあることを知っているはずだ。

それから三十分、傍聴人席を眺めたり、前方の空の被告人席や裁判長席に目をやったり、びっしり詰まった傍聴人席から聞こえる話し声に耳を傾けたりしていた。私は、この恐ろしい緊張から解き放たれる瞬間を待ち望みながらも、その瞬間が来るのが恐ろしく、先延ばしにできないかという気持ちにもなっていた。こうしているあいだも、黒い服に身を包んだフィリッパは私に身体を寄せ、まわりに気づかれないように私の手を握っていた。

静粛に！　その声とともに、裁判長席の後ろの扉が開き、十時きっかりに赤いローブを着た裁判長が現われ、法廷に向かって一礼して着席した。これでいよいよ本日の裁判がはじまる用意が整った。恐怖に身を震わせながら被告人席に立つ被告人は、裁判長の姿を目にして不安におののくものだが、今、私が裁判長を見つめたときに感じたほどの強い不安をいだいた者など、これまで一人もいなかっただろう。

裁判長は老人だった。こんな年寄りにこの重大な職責を果たせるのだろうかと思ったが、柔和で感じのいい人物に見えた――〝首吊り判事〟という評判が立つような裁判長ではなさそうだ。今日の裁判で、彼が正しい方向へ審理を導くことができるよう、私は小さな声で祈った。

静粛に！　静粛に！　静粛に願います！　ああ、かわいそうな愛しの妻よ、その手をもっとしっかり握らせてくれ。昼も夜もずっと頭から離れることのなかったこの瞬間が、とうとうやって来たのだ！　私たちはどうなるのだろう？

第十五章　黒い帽子

法廷は徐々に静かになっていった。ひそひそ声が少しずつ消え、やがて物音ひとつしなくなった――完全な静寂が訪れると、廷吏が立ち上がり、「謹聴！　謹聴！　謹聴！」ではじまる、わけのわからない文言を口にして開廷を宣言した。

フィリッパはヴェールをしっかりと下ろし、私の手を握って彫像のように座っている。望みどおりの結果になるはずだということを伝えようと、私は何度も彼女の手を握りしめた。しかし反応らしきものはなかった。彼女を説得してここから連れ出すことができるなら、私はどんなことでもするつもりだったが、あえてそうしようとは思わなかった。そんなことをしても無駄だとわかっていたからだ。

いよいよ開廷だ。赤いローブの裁判長が目の前の手紙や書類を落ち着き払って淡々と読んでいる。これからはじまる裁判で、自分の判断が、少なくとも一人の男と一人の女の運命を決する、とは思ってもいないような素振りだった。彼は花束のひとつを手に取って香りを嗅いだ。彼のような立場にある者が、どうしたら普通の人間のように振る舞えるのだろう？　私たちがここにいなければ、理不尽にも、無実の男に死刑を宣告するかもしれないというのに！　あのように重い責任を負っていながら、判事というのは果たして幸せな人生を送れるものなのだろうか？

こんなどうでもいいことを考えるなんて、私の頭はおかしくなりかかっているのかもしれない。神経が異常に敏感になってきて、今日のどんなつまらない出来事も、どんな細かな儀礼も、私の心に永遠に刻み込まれるように感じていた。

かつらをつけた紳士（私の隣にいる男が、巡回裁判所の廷吏だとまわりに話していた）が立ち上がり、一人ずつ名前を読み上げ、大陪審を構成するのに必要な二十三人の陪審員の名前を告げた。彼らはその場で立ち上がり、四人一組になって型通りの宣誓をしたあと、不道徳や不品行を禁じる馬鹿馬鹿しい宣言が読み上げられた。そんな宣言が、この場の人々にとってなにか意味があるとでもいうのだろうか！　それが終わって廷吏が着席すると、裁判長は資料から目を上げた。いよいよ彼の出番だ。

裁判長は着ているローブを満足するまで整え、前かがみになって色白の長い指先をそろえて置いた。それから大陪審の陪審員に向かって気軽に語りかけるような口調で話しはじめた（これを〝裁判長説示〟というのだそうだ）。私は全神経を耳に集中させ、よどみなく出てくる言葉の趣旨をつかもうとした。この重大な殺人事件について説示していることは間違いない。それを聞けば、どうしてその男に容疑がかけられたかがわかるはずだ。

なんてことだ！　判事というのは、長年の経験によって必要最小限の声を出すこつ、、を心得ているらしい。陪審員は彼の近くにいるのでその声が聞こえるだろうが、私たちのように後ろのほうの席にいる者にはほとんど聞き取れなかった。私がわかったのは陪審員に対する最後の注意だけだった――大陪審の任務は、被告人が有罪か無罪かを判断することではなく、この事件を起訴するだけの証拠があるかどうかを判断することであり、その任務を忘れないようにというものだ。

陪審員はそろって退廷し、厳正に評議するために、指定された部屋へと向かった。立場上なのか厚意によるものなのか定かではないが、裁判長席と並ぶ席に地方行政官やその他の有力者が陣取っている。裁判長は彼らに笑顔で話しかけ、資料をもう一度入念に読みはじめた。

フィリッパが、法廷に入ってから初めて私に話しかけてきた。「あの人たちは、今、被告人が有罪か無罪か決めようとしているの？」彼女は低い声で恐る恐る訊いてきた。いつもの声とあまりにも違うので、どれだけ不安におののいているかが見て取れた。私は、知っている範囲で、簡潔に法廷の手順を説明した。彼女はため息をつき、それ以上は何も言わなかった。

さらに何人もの名前が粛々と読み上げられた。しかしこれに答えているのは、別の階級に属する人々のようだった。今度は小陪審の陪審員の名が呼ばれている。時間を節約するためなのだろう、十二人の陪審員が間《ま》をおかず次々に小陪審の席に着いた。陪審員の立場の重みを楽しんでいるように見える者、当たり前の顔をして平静を装っている者、見るからにこの役目を嫌がっている者。私は裁判長を見るのと同じくらい興味深く陪審員を見つめた。彼らは、あるいはそのうちの何人かは、裁判長と同じ程度に――いや、それ以上に――私たちの運命を決定することになるだろう。これらの陪審員が裁くのは、まもなく上部に手すりのついた囲いに立つ被告人ばかりではない――その囲いを見下ろしているフィリッパと私もなのだ。

うんざりするほど長い二十分が過ぎた。全員の目が一斉に、法廷の右側にある木製のボックス席に向けられた。ボックス席の背後の壁にある扉が開いたのだ。大陪審の陪審員が入廷し、ボックス席を埋めた。陪審員長は長い釣り竿を腕にかかえ、竿の先には書類が括りつけられている。こんな効率の悪い方法で、評議の結果を多忙な廷吏に渡すとは！　実に馬鹿馬鹿しい！

廷吏はその書類を取り外して中身を確認し、ボックス席を見上げた。

「陪審員の皆さん、ウィリアム・エヴァンスを殺人罪で訴える起訴状を提出することに異議はありませんか?」

「異議なし」陪審員長は、もったいぶった口調で重々しく答えた。

私は歯を噛みしめた。この連中ときたら! 教養もあり地位もある大陪審の陪審員が、こんなときに間違った判断をするというなら、小陪審の陪審員に何を期待できるというのか? つい先ほど裁判長から与えられた注意を聞いておいてよかった。評議したのは起訴するだけの証拠があるかどうかであって、男の罪そのものではない。そのことを知っていたのはせめてもの慰めだった。どんな証拠があったのだろう? 焦るな! もうすぐわかる。

誰に言うともなく、廷吏が身体を振り向けて、「被告人をここへ」と言った。私はまた歯を噛みしめた。妻の腕が震えている。手も冷たくなっている。ぎっしり埋まった法廷が期待でどよめいた。すべての目が一点に――空の被告人席に――注がれた。その瞬間、軽いめまいが襲ってきた。目の前に何かが浮いている。やがてその感覚は消え、私は正常に戻った。いつのまにか被告人席が埋まっていた。がっしりした身体つきの警官にはさまれ、被告人が囲いの真ん中に立っている! いざとなれば、どんな犠牲を払ってでも救い出さなければならないのが、この男なのだ!

傍聴人席のだいぶ後方に位置する私の席からは、当然のことながら被告人の背中しか見えなかった。自分の命がかかった裁判に出廷した人物の身分を見極めようと、私は強い好奇の目で男の背中を見つめた。背が高く痩せている。着ている服はそれほど見苦しいものではないが、かなり着古されているように見える。馘《くび》になった店員か、主人から追い出された使用人といったところだろう。金に困っているようだったので気が楽になった。どうやら喜んで金を受け取りそうだ。陪審員は無罪の評決をしてくれさえすればいい。私が支払おうとしているかなりの額の補償金は、彼が耐えている厳しい試練に対し、その百倍の価値を持つはずだ。

厳しい試練！　まさにぴったりの言葉だ。この哀れな男にとって、恐ろしく悲惨な試練であることは疑いようがない。男の顔を見なくともそれくらいはわかる。下の拘置所から連れてこられたときから、恐怖で震えているのが見てとれた。男は、突然、被告人席で前のめりに倒れそうになり、身体を支えようと、鉄の手すりにしがみついた。その指が、痙攣したように開いたり閉じたりしている。背中、肩、どの動きからも恐怖と苦悩がにじみ出ていた。あまりにも惨めな姿だ。警官の一人が哀れな男の脇の下に手を差し込み、今にも倒れそうな身体を支えた。彼は恥じ入るように頭《こうべ》を垂れた。その顔を見ることができたら、きっと私や妻と同じくらい真っ青になっていたに違いない。

私は緊張の糸が切れそうだったが、被告人の憔悴しきった態度に疑問を感じるだけの余裕はあった。私は、不利な展開になったときにはこの男を救い出そうと、自らの心臓をえぐり出すのも厭わない気分になっていたし、自分の選んだ道を悔やんでもいなかった。にもかかわらず、いわれもなくこんな立場になってしまった男にいだいていた同情の念が、彼の臆病な振る舞いを目の当たりにして、ほとんど消え失せるのを感じていた。もちろん、別の立場になったら自分はこうするというのは実にたやすいことだ。だが、私がもしあの男と同じ苦境に陥ったら、自分が無実であることはわかっているのだから、顔を上げ、裁判長だろうと陪審員だろうと検事だろうと、誰に対しても正々堂々と向き合うくらいの強さを持っているという自信はある。あのような立場に置かれ、極度に緊張していることは認めよう。しかし、それにしても、あんなに惨めに、弱々しく、倒れそうになって手すりにもたれかかろうとするなんて！　私は思わず心の中でうなった。

どうして背筋を伸ばして立たないのだ？　もう一人の人間が、私よりもずっと強い関心を持って、この惨めな男を見つめているというのに！　フィリッパは今、この男の屈辱や恐怖を彼の態度から実感している。私の忠告に従って判決を待っていることも、彼女の良心をさいなんでいるはずだ。被告人の苦悩に満ちた動作のひとつひとつを、私の手を握っているフィリッパの手がなぞっているのに気づいた。自分の犯した罪のせいなのだという思いから、彼のすべての苦痛を彼女の身体が敏感に感じ取っているのだろう。

廷吏が起訴状を読み上げた。「被告人ウィリアム・エヴァンスは、凶悪な殺意をいだいて故意に准男爵サー・マーヴィン・フェランドを殺害し――」起訴状の朗読がつづくなか、フィリッパは私を引き寄せ、耳元でささやくように言った。「バジル、想像していたよりはるかに残酷だわ。これ以上、耐えられない。あの気の毒な人の苦しみを考えて！　バジル、あの人を愛している奥さんがいるかもしれないのよ。今、この法廷にいるかもしれないわ。奥さんのことも考えて！　どうすればいいの？　私はどうすればいいの？」

「何もできない――できるのは、願いが叶うよう、ここで待つことだけだ」

「ここから下りていって、あの人に話しかけてもらえないかしら？　なんとか伝えてほしいの――絶望することはない、最後には救われる、本当の犯人が罪を告白してあなたは自由になれる、って。バジル、お願いだからそうして」

「それは無理だ。そんなことはできない。すべてが台なしになってしまう。黙っていてくれないか、フィリッパ。気を静めて、どうなるか成り行きを見てみよう」

起訴状の朗読が終わった。廷吏が被告人のほうを向き、よく通る声で訊いた。「あなたは罪を認めますか、認めませんか?」全員がその返答を承知しているにもかかわらず、法廷は針を落としても聞こえるほどに静まり返った。誰もが、被告人の罪状認否を固唾を呑んで見守っている。私も身を乗り出して、被告人の答えに全神経を集中させた。

恐ろしいほど長い沈黙がつづいている。被告人は、罪状認否を求められていることを理解していないのかもしれない。頭が真っ白になり、話す力さえ奪われてしまったのかもしれない。警官の一人が彼の肩に触れて小声で話しかけた。まだ沈黙がつづいている。

沈黙が破られた。が、それは被告人によってではなかった。フィリッパが、私にしか聞こえないような弱々しい泣き声で訴えた。

「これ以上、耐えられない」彼女はささやくように言い、さっと手を引くと、黒いヴェールを上げてまっすぐ立ち上がった。顔面は蒼白だったが、毅然とした表情をしている。私は両手で頭を抱え、この瞬間、死が私たちを襲ってくれないかと願った。もうおしまいだ！　私は負けたのだ！

雑多な人々で埋まった傍聴人席の真ん中に、凛とした背の高い黒服の女性が立っている。私は頭を抱えていても、全員の目が彼女に注がれるのを感じた。フィリッパの美しい声が法廷の隅々まではっきりと響いた。

「裁判長閣下！」彼女は叫んだ。その声に私は顔を上げた。裁判長席、被告人席、陪審員席、傍聴人席、法廷のすべての視線がフィリッパに向けられた。被告人は振り返ってまっすぐ彼女を見つめている。

彼女の言葉はそれだけだった。「静粛に！　静粛に！」裁判長の声があまりにも厳しく険しかったので、彼女は気が動転してしまったようだ。たじろぎ、口ごもり、それ以上は何も言えずにまわりを見まわした。その機をとらえ、私はありったけの力で彼女を座席に引き戻し、黙って座っていてくれと懇願した。それからヴェールを引き下げ、フィリッパに注がれるあまたの好奇の目から彼女の顔を隠した。そのとき、裁判長の鋭く命じる声が聞こえた。「その者を退廷させなさい」

その命令が力ずくでなされたら、フィリッパは抵抗していただろう。改めて被告人の無実と自分の犯した罪を主張したに違いない。運のいいことに、その命令を実行しようと近づいてきたのは、今朝、私から金貨を受け取った警官だった。それもあって、彼は私たちを特別に扱ってくれたのかもしれない。あるいは、いっときの騒ぎが収まり、これ以上の違反行為はないと思ったのかもしれない。無理に退廷させようとはしなかった。被告人と関係のある神経の細い女性が、興奮のあまり、裁判長に訴えるという無謀な行為に及んでしまった、と見なしたのかもしれない。こんな光景はよくあることなので、この行為が繰り返されないかぎり、最後まで裁判を見届けることが被告人のかわいそうな友人にとって慰めになる、と思いやりのある裁判長が判断したのかもしれない。本日裁判長を務めている判事は、珍しいほどに人情の機微がわかる寛大な性格の持ち主なのだろう。いずれにしても、友好的な警官は裁判長の命令を実行せず、裁判はそのままつづけられた。

とはいえ、大勢の好奇の目が、私の隣のヴェールをかぶった女性に注がれていることは確かだ。鷹を思わせる顔つきのウィルソン夫人も、自分の席から振り向いて私たちをまじまじと見ている。おかしなことに、被告人も私たちをじっと見つめたままだ。警官が彼の腕をつかんで裁判長席のほうへ向かせた。もう一度重々しい口調で質問が発せられた。「あなたは罪を認めますか、認めませんか?」

緊迫した沈黙の一瞬だった。被告人が答えた。消え入るような声で聞き取れなかったが、もちろん、答えはわかっている。ところが、どうしたわけか、その答えはそれを聞いた人々をひどく動揺させたようなのだ。被告人席に近いところにいる傍聴人は、振り返って後ろの席に小さな声で話しかけている。法廷弁護人は弁護人席で振り向き、唖然とした顔で後ろの紳士を凝視している。その紳士はあわてて立ち上がり、せわしなく被告人席へ近づいていった。しばらく被告人と熱心に話している。被告人は、硬い表情で、もう駄目だというふうに首を振った。被告人の事務弁護人と思われるその紳士は、傍目にも動転していることがはっきりと見て取れた。彼は急いで席に戻り、法廷弁護人に小声で話しかけた。身振りから察すると、どうしようもないと匙を投げてしまったように見える。

いったい何があったんだ？　どうして裁判をつづけないのだろう？　耐えきれないほどの不安が襲ってくる。静粛に！　裁判長が声を張りあげた。

法廷中にどよめきが広がった。廷吏が警告するような視線を送ったが、互いにささやき合う声は止まなかった。裁判長が被告人に真剣な面持ちで話しかけている。何事かを説明したり忠告したりしているようだ。それでも男は、頑なに首を振っている。いったいどうしたというのだ？

そういうことか！　赤いローブを着た裁判長の次の厳粛な動作と言葉が私の疑問に答えてくれた。予期せぬ事態になったのだ。それとも、私は居眠りでもしていたのだろうか？　いつのまにか裁判は終わり、被告人にとって最悪の――考えられるかぎり最悪の――事態になっているのだろうか？　そんなはずはない、五分前にフィリッパを席に引き戻し、すべてを台なしにする言葉を発しないよう、むりやり押さえたではないか。今でも、彼女が立ち上がらないよう、しっかりその手を握っているではないか。

なるほど！　そうだったのだ！　判事がシルクの黒い角帽をかぶった。被告人は身を縮めた。両脇を支えられていなければ、倒れ込んでいたかもしれない。ざわめきが法廷にさざ波のように広がっていった。男たちは息を呑み、女たちは目を見開いている。刺激を求めて来た人々はきっと満足したに違いない。静粛に！　裁判長が声を高くして言った。その声には複雑な感情がこもっていたが、今度ははっきりと聞き取ることができた。

「被告人が罪を認めたことにより、被告人を残虐で冷血な殺人の罪で有罪とする。殺人の動機は本人と神のみぞ知る。だが私には、まだ辛い責務が――」

有罪？　罪を認めたことによって！　あの男は有罪なのか！　私たちが昼も夜も休まずに旅をつづけ、命を救おうとした男が――その男が、犯人だったとは！　かけがえのないフィリッパ！　愛しい妻フィリッパ！　あなたは無実だった！　こんな――こんな急激な変化に耐えられるほど強靭な神経の持ち主が果たしているだろうか？

「静粛に！　静粛に！」裁判長が声を張りあげた。傍聴人席がざわついている。フィリッパが気を失って倒れたのだ。私は、優しく、愛情を込め、誇らしげに彼女を法廷から運び出した――どんな人間も味わったことのない歓喜に包まれ、大切な宝物をしっかりと抱き上げながら。

どんな人間といえども、私が味わったほどの悲しみや苦しみに耐え抜いた者など、この世にいないのだ！

第十六章　〝去年《こぞ》の雪、今何処《いずこ》？〟

　私は、出来事をありのままに記すことはできても小説のように物語ることはできない、ということをこの回想録を書いているあいだ嫌というほど味わってきたが、この章を書きはじめるにあたり、そのことを改めて思い知らされている。人生という憂鬱なドラマの舞台に立って、フィリッパと私は——ときには、はかなく消える偽りに満ちた一条の光が射すことで喜びを感じることはあったとしても——常に辛く悲しみに満ちた役を演じつづけてきた。しかし、この舞台を描写するのに困難を感じることはほとんどなかった。過去の情景を思い起こし、それを言葉で再現するだけでよかったからだ。うまく描けたかどうかは別にして、この作業はさほど難しいものではなかった。

　だが、一瞬にして、すべてが魔法をかけられたかのように一変し、私たちの人生から悲しみがあっさり拭い去られた。希望を失ったあの哀れな男が、不可解な理由から自分の罪を認めたことで、私たちの未来は一点の曇りもなく晴れ渡った。それればかりか、過去のあらゆる亡霊までも——私たちに影のようにつきまとい、愛する者同士が手にすべき幸せを阻みつづけてきた亡霊までも——追い払われた。そして今、私は自分の力不足を痛感し、もっと力強い言葉でペンを走らせることができたらと心から願わざるを得ない。

　裁判長が死刑の宣告を、感情を抑えきれずに苦悩に満ちた声で重々しく被告人に伝えたとき、私は気を失った妻を、人いきれでむっとする満席の刑事法廷から運び出していた。つかのまの喜びは消え失せ、そのときの私の精神状態を表わすのにふさわしい言葉は〝困惑〟だった。極度の〝困惑〟だった。私は何も考えられなかった。筋道を立てて考えることがまったくできなくなっていた。フィリッパが気絶していないで、私がとっさに手を差し伸べる必要もなかったとしたら、いったいどうなっていただろう？　一時間前に私は、終わりのない苦難に向かって突き進んでいると感じながら法廷の扉を通ったが、その同じ扉のところで私自身が気を失って倒れていたのではないだろうか。

このときのことはよく覚えている。石の廊下にあった木の硬いベンチにフィリッパを寝かせ、私は、何度も自分に言い聞かせた。「無実だ。愛するフィリッパは無実だ。あの男が犯人なのだ」私はこう繰り返すことで、この厳然たる事実を、疑り深くなって事実を受け入れようとしない頭に、しっかり刻み込もうとしていた。

私は妻のヴェールを上げ、親切な警官が持ってきてくれた水で彼女の顔を拭った。やがて彼女は目を開け、意識が戻った。必死に何か言おうとしている。

私の心にも急速に平静さが戻ってきた。「愛しいフィリッパ」私はささやいた。「お願いだから何も言わないでくれ。急いでここを出よう」

彼女は素直に従ったが、その喜びの眼差しから察すると、おとなしくしているのが我慢できないようだった。彼女がすぐに立ち上がれたので、私たちは裁判所の建物から出た。大勢の人々が路上にたむろして、裁判がいきなり終わったことを騒々しく話している。私たちは人垣をかきわけて馬車に乗り込み、すぐに抱き合って泣いたり笑ったりした。

だが、それもわずかな時間だった。馬車で向かった小さなホテルはすぐ近くにあったからだ。部屋に案内され、ようやく私たちは、抑えていた感情を思いっきり爆発させた。

　二人の会話や支離滅裂な歓喜の叫びを、ここに再現しようとするのは実に馬鹿げているだろう。私たちが流した涙、抱擁、惜しみない愛撫、それらを描くことは神への冒瀆になってしまう。一時間前の私たちを考えてみればいい――わずか一時間前の！　そして今の私たちを！　あの恐ろしい夜にふりかかった呪いから、私たちは永遠に解き放たれた！　私たちの秘密は守られた。秘密を守ることは、いまでも望ましい姿勢なのかもしれないが、もはや絶対に必要というものではなくなった。これまで経験したことのない激しい吹雪の中で、私は半狂乱になったフィリッパを発見した。しかし、あの夜に私が見たあらゆることにかかわらず――彼女が私に話してくれたすべてのことにかかわらず――彼女は夫の死に関して何の罪もなかったのだ！　私の目から見れば、彼女は常に罪のない存在だった。だがフィリッパは、最初から罪のない存在だったのだ！

　一時間近く、私たちは互いに腕を絡ませて座り、愛と喜びからほとばしり出る狂ったような叫びのほかは、ほとんど言葉を発しなかったとしても不思議はないだろう。

　言ったとおりだ！　私は、この場面をより詳しく描写する力もないし、そうするつもりもないのだから、これ以上は何も書こうと思わない。だが、これだけは言っておこう――私たちがやっと落ち着きを取り戻してきて、フィリッパが私に顔を向けたとき、彼女の目にふたたび恐怖の色が浮かんでいるのに気づいたということを。

「バジル」彼女は言った。「本当なの？――本当にそうなの？」

「間違いない！　もちろん本当だ」

「あの人は――被告人席にいたあの人は――無実だったら罪を認めるはずはないわよね」

「そのとおりだ。あの哀れな男にとって、それは死を意味するんだから」

「でも、どうして罪を認めたのかしら?」

「誰にもわからないんじゃないか? 自責の念が彼を駆り立てたのかもしれないな」

フィリッパは立ち上がり、感情が昂ってきたのか、次の言葉を早口で言った。

「私じゃなかったのね。何度も夢に出てきたんだけど、船で男の人たちが話しているのを聞くまで、本当にあったことだとは思わなかった。でもあのとき、何もかも思い出したの。荒れ狂う吹雪の中で、私は足元に横たわる死体を見下ろしていた。それでも、実際にそんなことがあるわけがないと、わずかな希望をいだいていたわ。その希望が完全に失われたのは、あなたが私を見つけた様子を話してくれたときだったのよ」

「許してくれ、フィリッパ。いくらきみが錯乱していたとしても、男が死んでいるところを見たとしても、きみがそんなことをするはずはないと信じるべきだった。私を許してほしい」

彼女は私の身体に腕をまわした。「バジル、愛しいバジル」彼女はささやいた。「あなたは、私のためにどんなことでもしてくれたわ。もうひとつしてほしいことがあるの。あったことすべてをはっきりさせたいの——あの男の人がなぜ彼を殺したのか、どうやって殺したのか。彼の告白が間違いないと確信できたら、夢でも見たことのないような幸せが私のものになるわ!」

「そして、私のものに!」私は彼女の言葉を繰り返した。

私は彼女の望みどおりにすることを約束した。実のところ、一段落したら、調べられることはどんなことでも調べてみようと決心していたのだ。これを最後に、きれいさっぱりと疑念の雲を取り払う——とはいえ、その雲は手のひらほどの大きさもないかもしれないが。

だが、フィリッパはチューナムには残るべきではない。裁判における奇妙な言動や、そのあとに失神して倒れたことは、当然その場にいた人々の注目を集めている。彼女は被告人の友人と見なされ、裁判が唐突に最悪の結末を迎えたことに耐えられなくなったのだと思われているに違いない。どうみても彼女はチューナムに残るべきではない。

その日の午後、私たちは列車でロンドンへ向かった。翌朝、ふたたび私は裁判所の近くへと急いだ。死刑囚の事務弁護人の名前を突き止め、彼に時間の余裕があることを確かめると、ただちに面会を申し込んだ。

彼はいかにもきちんと仕事をこなす有能な弁護士に見えたが、気の短い性格のようだった。私はウィリアム・エヴァンス死刑囚の事件に関心があって訪問したと伝えた。クリスプという名のその弁護士は顔をしかめ、落ち着かない様子で手元の書類をめくりながら言った。

「あの裁判については話したくありません」彼はきつい口調で言った。「あんなに腹立たしかった裁判は初めてです」

「どうしてですか？　あなたの依頼人は、当然の罰を受けただけじゃありませんか」

「確かに――確かに、そうです。だけど私は弁護士です。弁護士というのは、依頼人のためにできることをするのであって、依頼人が当然の罰を受けたなどとは思わないものです。愚かな人間を裁いたり、弁護したりするのは大変な仕事なんですよ」

「そうでしょうね。だけど、おっしゃっていることの意味がよく呑み込めないのですが」

「意味だって！　私はあの男を救えたんです。不利な証拠なんて何もなかったんですから。あんなものは証拠とも言えません。殺害の現場から半マイルほど離れた場所で、独特の形をしたピストルが見つかったというだけではね。そのピストルは私の依頼人のものだと証言できる男がいて――質屋なのですが――依頼人がそれを質入れしようとしたと言うのです。検察が頼れる証拠はそれだけだったんですよ。こんなに腹が立ったことは一度もなかった――ただの一度も！」

興奮して話す小柄な男の姿は、彼の怒りが見せかけでないことを示していた。

どうやら、私がよく考えずに放り投げたピストルが手がかりとなって、犯人が裁かれることになったようだ。私は、真犯人があの陰惨な犯罪で刑に処せられることを納得したが、関係する情報はどんなものでもできるかぎり訊き出そうと心に決めた。

「それじゃ、どうしてあの男は罪を認めたのでしょう？」私は訊いた。

「馬鹿だからでしょう」クリスプ氏は吐き捨てるように言った。「自殺行為ですよ。あの男のことなんかちっとも気にしていませんが、あの頑固者のせいで私の事件が滅茶苦茶にされるのを目にして、無性に腹が立ってきたのです。被告人に近寄って――法廷にいたのなら見ていたでしょうが――罪状認否を撤回するよう説得したのです。無罪にできる、とも言いました。それでも、あの馬鹿は主張を曲げなかったのです」

「自責の念、あるいは良心の呵責から罪を認めたのでしょうか？」

「わかりません。絞首刑になるのを免れるよう私に任せてくれていたら、もっと自責の念や良心の呵責に時間を費やすことができたでしょうがね。だけど、こんなことも言っていました。『それは無理です――絶対に無理です。あなたは、私の知っていることをすべて知っているわけではない。すべてを知っている女が――何もかも見ていた女が法廷にいるんです。彼女は、私を絞首刑にしようとここへ来ているんですよ』って。何を言っているのか、私にはさっぱりわかりませんでしたがね」

私はドキッとした。男が何を言っているかわかったからだ。あの男も、フィリッパが立ち上がって裁判長に声を高くして話しかけたとき、他の人と同じように振り向いて彼女をじっと見ていた。あの哀れな男の最後の望みが絶たれたのは、フィリッパの姿のせいだったのだ。

「もちろん、あの男からは手を引きました」クリスプ氏はつづけた。「ただ、検察側の証人が入廷を許可されたかどうかは、一応、問い合わせました。全員、控え室で待機していたそうです」

私は考え込んでしまい、しばらく黙って座っていた。事務弁護士は、貴重な時間を私に割けるのはこれまでと言わんばかりに、私の顔を見つめた。

「死刑囚に接見する方法はあるのでしょうか?」私は言った。「たとえば、あなただったら接見の許可が得られるでしょうか?」

「もちろん得られるとは思いますが、私には会う目的がありません」

「目的ならあります」私は言った。「会っていただいて、できれば彼自身が書いた告白書をもらってほしいのです。それが無理であればあなたが書き取ったものでも結構です。有罪を認めるという簡単なものではなく、殺人についてすべてを詳細に記したものがほしいのです」

クリスプ氏はびっくりした顔をして、どう考えても私の望むものを手に入れるのは無理だろうと言った。

質問にずばり答える頭の切れそうなこの小柄な弁護士に、私は好意をいだいた。信用できそうだ。少し考えてから、どうしてこんなことを頼むのか打ち明ける決心をした。守秘義務が適用されることを確かめ、あの夜の出来事にフィリッパと私がどう関係しているかを、話せる範囲で手短に伝えた。興味深そうに耳を傾けていた彼の様子を思い出すと、これから公開しようとしているこの暗い物語が、案外、人々の関心を惹くのではないかという気がする。彼は好奇心が刺激されたようで、死刑囚と会い、可能なら私が知りたい情報を訊き出すと約束してくれた。私は彼に連絡先を残し、別れの挨拶をした。

いつまでもチューナムに留まっていたくなかったので、次の列車でロンドンに戻ろうと駅へ歩いていった。駅のプラットホームで待っていると、下り列車が近づいてきた。突然、ある考えがひらめいた。日はまだ高い。時間の余裕もある。私はプラットホームをつなぐ橋を渡って下り列車に乗り、十五分でローディング駅に着いた。そこに行ったのは、すべての苦難のはじまりとなった現場をもう一度見ておきたいという思いに駆られたからだ。

あの闇夜にサー・マーヴィン・フェランドが進んだ道を、私は歩いていった。驚いたことに、すべてが変わってしまっている。だが、私たちの人生ほどに変わっているわけではない。まばゆいばかりの九月の午後だった。前日に降った雨のおかげで大地がしっとり濡れ光っている。道の両側に広がる牧草地はきらめくような濃い緑に輝いている。育ちすぎた雑草やマーガレットなどの花を大鎌が容赦なく刈り取ったあとなのだろう。小麦畑は端から端まで穂がさざ波のように揺れ、まるで黄金色の海のようだ。穀物庫に蓄えられるのを待つ麦の束がところどころに積まれている。今年は収穫が遅れているのかもしれない。ワイルドローズはすでに盛りをすぎていたが、香ばしいスイカズラなどの野生の花が、今も生け垣や土手を鮮やかに彩っていた。八月の沈黙から目覚めた小鳥たちはふたたび歌声を響かせ、大きな牝牛が木陰で眠そうに横たわっている。くすんで汚らしく見えるが、すぐに役立つ古い干し草と並んで、新しい干し草が山のように積まれている。大地全体が、幸せな秋ののどかさに包まれているようだ。これこそが、静けさと穏やかさに覆われた典型的なイギリスの秋なのだ。そのあまりにも美しい風景を目にして、母国への愛が心に満ちあふれた。もしイギリスに戻った時点でこの回想録を書こうとしたなら、セビリアを称賛した描写はすべて消し去るべきだと思っただろう。

優しく爽やかな風がはるか遠くのほうから吹いてきた。私は深く息を吸い込み、胸を張ってまっすぐ立った。大きな幸せを感じて思わず笑い声をあげると、子どもの頃に親しんだコミカルな絵が頭に浮かんできた。クリスチャンという名の男が肩から重い荷物を下ろすところを描いたものだ。まさに今の私を描いたようではないか。私が背負っていた重荷は、永遠に私の肩から下ろされたのだ！

ここだ！　ここがその場所だ——ここがサー・マーヴィン・フェランドが倒れていたところだ。密生したカッコウセンノウのすぐ下のところに彼の死体を置いた。そのときは、親切な雪がそれを白く覆い隠し、愛しい人と私を救ってくれるとはまったく思っていなかった。ああ、あの頃、フィリッパの健康が回復するまで厳しい寒さがつづき、降り積もった雪がしっかり大地を覆っているようにと、どれだけ祈ったことだろう！　そのとおりになり、私たちは救われた！

「去年《こぞ》の雪、今何処《いずこ》？」ああ、今こそ私は、「昨日の悩み、今何処？」と歌うべきではないか？　悩みは雪のように消えた。また新たな雪が降るかもしれないし、また新たな悩みが出てくるかもしれない。だが、去年の雪と昨日の悩みは永遠に消え去ったのだ！

にもかかわらず、その場にたたずんでいると、おぞましい記憶が次々に呼び戻され、それ以上そこにいることに耐えられなくなった。まわれ右をしてその場を離れ、心の底から湧きあがる喜びに包まれながら、今なら死んだ男の働いた悪行も許すことができるかもしれない、と心の中でつぶやいた。彼の御霊《みたま》が安らかに眠らんことを！　しばらく歩いて行くと、あの家の前に出た。ここで私は、臆病者のように自分の苦しみから目をそらし、目的もなく惨めに何カ月も過ごした。今は空き家になっている。窓や戸口に貼られた〝売家〟のチラシが、半分剝がれかかっていた。家具は数カ月前に売り払ってある。私は立ち止まり、あの日フィリッパが入ってきた窓に目をやった。あの夜から、普通の人生ではあり得ないような悲嘆、熱情、恐怖、希望、歓喜を経験してきた。私は身体の向きを変え、足のほこりを払った。もう二度と、ここから二十マイル以内に足を踏み入れることはないだろう。

折悪しく、帰り道にウィルソン夫人に出くわした。気づかなかったふりをして通り過ぎようとしたが、彼女は目ざとく私を見つけ、目の前に立ちはだかったので、足を止めざるを得なかった。

彼女は以前にもまして痩せ細ってやつれた感じになり、いっそう猛禽類を思わせる顔つきになっていた。だが、目の輝きだけは変わっていない。彼女の強い意志を表わすその目で、私の心を見透かすようにじっと見つめている。

「あの女じゃなかったようね！」彼女はとげとげしい口調で言った。

最初は、驚いたふりをして何を言っているのかと訊き返そうかと思ったが、曖昧にしようとしても無駄だろうと腹を括った。

「彼女ではありませんでした」私は短く答えた。

「私は馬鹿だったのよ！」彼女は叫んだ。「衝動に駆られて教えてしまうなんて、ほんとに馬鹿だった！　なぜ言ってしまったのかしら？　正直に言いますけど、ドクター・ノース、彼女が殺したと信じていなかったら、本当のことは教えなかったわ。私のように、彼女も恥辱にまみれて墓に入るべきだったのよ！」

彼女は敵意むき出しだった。

「いいですか」私はきっぱりと言った。「レディ・フェランドは、今、私の妻です。あなたとのかかわりで妻の名前が出ることはもうないでしょう」

彼女は嘲るように笑った。「あなたの奥さんですって！　彼女は最初の恋をあっさり忘れてしまったというわけね。どうして私は教えてしまったのかしら？　あの手紙を書く前にペンが持てなくなっていればよかったのに。私が手紙を書いた理由がわかりますか？」

「いいえ、別に知りたくもありませんが」

「復讐のためです。元々は私があの人に尽くすはずだったのに、あの女に取って代わられたのです。私はまだ彼を愛していましたから、あの女を憎みました。そこで思ったんです。彼女が自分の夫を殺したと知ったら、どんなに気味がいいかって！　恋人のあなたが――恋人だということはわかっていました――私がその気になればいつでも彼女を裁判にかけられるって知ったら、どんなに愉快だろうかって！　私は馬鹿だった。どうしてあの男は罪を認めたのかしら？　法廷であなたの奥さんが立ち上がるのを見て私は笑ってしまいました――どうなるかわかっているつもりでしたから。結局のところ、彼女を苦しめる代わりに、救い出してしまったんだわ」

「そうですか」私はそっけなく答え、踵《きびす》を返した。この女の怨念はあまりにも深く、彼女がどんな手を使ってもフィリッパに危害を加えられなくなったことをありがたく思った。

四分の一マイルほど進んでから振り返った。ウィルソン夫人は美しい風景に浮かぶ小さな黒いしみのようだ。立ち止まったままいつまでも私を見ている。彼女の姿が視界から消える曲がり角まで急いだ――フィリッパと幸せが待っている世界へと！

第十七章　雲ひとつない空

八カ月前にあとにしたイギリスは、妻と私にとって、今ではまったく違ったところになったにもかかわらず、とにかく母を安心させるために急いでセビリアに戻りたかった。かわいそうな母からきた手紙からは、何の断りもなしに自分を置き去りにしてまで出発しなければならない用事とはいったい何なのか、と心配している様子がうかがえた。嬉しい真実が明らかになるとすぐに、私は母に電報を打ち、すべてが順調に進んだのでまもなくセビリアに帰ると伝えた。だが、二つのことが私たちをイギリスに引き止めていた。

そのひとつは、死刑囚の告白書を手に入れることだった。フィリッパはそのことをほとんど話題にしなかったが、告白書が届かないうちは本当の幸せは訪れないと思っていることを私は承知していた。無罪であるにもかかわらず、罪を軽くしてもらおうと犯行を認めたのではないか、という疑念がつきまとっているのだ。私は、事務弁護士から聞いたことをそのまま詳しく伝えたが、彼女は心から納得した様子ではなかった。私たちは、届くかどうかわからなかったが、すべてを説明する告白書を今か今かと待ちわびていた。

ロンドンに留まっている理由がもうひとつあった。この地を離れる前にはっきりさせようと心に決めていたことがあったのだ。それは、私がフィリッパと結婚したとき、私がレディ・フェランドと結婚したのは紛れもない事実であるということだ。まず初めに、死んだ男の遺産管財人を見つけ出し、疑ってかかる彼らに、私が何を望んでいるかを話した。最初は詐欺師のように扱われた。

だが、それも長くはなかった。実は、私の用件は半ば終わっていたのだ。すでに彼らは、ウィルソン夫人の助けを借りることもなく、先妻のレディ・フェランドの死に関して、その日付といきさつを詳しく調べ上げていて、私が提示した結婚証書が本物であるとわかると、彼らの疑いはすっかり消え去った。

遺産管財人の話では、サー・マーヴィン・フェランドの遺産はきわめて少ないということだった。遺言は残っていなかったが、譲渡できる資産のほとんどを生きているあいだに使い果たしていたようだ。私の妻が要求できるいくらかの動産と、寡婦として権利がある多少の不動産は残っているが、どちらもわずかなものだということだった。

私は途中で話を打ちきり、こう言った――「故人の遺産が多かろうと少なかろうと、一ペニーたりとも妻の指がそれによって汚されることはない。サー・マーヴィン・フェランドの遺産相続人が金に困っているようなら、あの男とは異なる人柄であることを条件に、妻が相続すべき遺産を無償で譲渡する。もしその条件が満たされなければ、どこかの病院に寄付してほしい。私の望みはただひとつ、サー・マーヴィン・フェランドには寡婦がいるという事実をはっきりさせておきたいだけだ」と。

ついでながら、遺産管財人の一人は相続人で、明らかに私のことをとんでもない変人と思ったようだ。そう思われても仕方がないが、そのせいなのか――遺産がほとんど残っていなかったせいなのか――今日まで遺産管財人からは何の音沙汰もなかったし、もちろん金が送られてくることもなかった。実を言うと、私から彼らに連絡するようなこともしていなかった。フィリッパが結婚していたことが認められたので、サー・マーヴィン・フェランドの親類縁者とは一切関わらないことにしていたのだ。

告白書は届いていなかったが、フィリッパを説得してイギリスを離れることにした。クリスプ氏はどんな郵便物も、ロンドンであれセビリアであれ、同じように送ってくれるはずだ。ふたたび私たちは、今度は全身で幸せを感じながら、今ではすっかり馴染みとなった長い旅路についた。

フィリッパは喜びに——狂おしいほどの喜びに——あふれ、母の腕に飛び込んだ。叱られたり、とがめられたりするところだったが、母はすべてを胸にしまって私たちを迎え入れてくれた。放蕩息子と放蕩娘が帰ってきたようなものだった。笑い、涙、幸せがあった。

今回の謎めいた旅の目的について母には何も言わなかった。母もそれについては何も訊いてこなかったし、何かを知っていそうな言葉も口にしなかったが、彼女はすべてを承知しているふうだった。フィリッパが母の胸にすがり、涙ながらに今回の奇妙な出来事を洗いざらい話したのだろう。母のフィリッパに対する深い愛情が以前にもまして優しく強く深くなったことからも、そのことがうかがえた。おかげで私は、母に何も話さずに済んだ。翌日、私は母の眼差しを見て、この回想録に書き記した最初から最後までを、フィリッパが打ち明けたことを悟った。

いや、最後までではない。回想録の冒頭で言ったように、もう一度私と席を共にしてもらいたい。だが今回は、火がくすぶる暖炉のそばではなく、陽光がふりそそぐアンダルシアの我が家の明るいパティオに座ってもらおう。フィリッパと私は並んで座っている。ちょうど郵便が届き、事務員のような筆跡で私の名前と住所が書かれた分厚い小包を手渡された。私は急いで包装紙を破ってそれを開けた。中身はわかっている。フィリッパも知っている。一人で読みたかったのだが、彼女の訴えるような眼差しを目にしてあきらめた。どのみち、恐れるようなことは何もないし、彼女に隠すことも何もない。私たちは頬が触れ合うほど顔を寄せ合い、一緒に読むことにした。あなたもそばに座り、私の後ろから身を乗り出して一緒に読んでほしい。

＊

〈チューナム拘置所に収監中の死刑囚ウィリアム・エヴァンスによる告白書

今年の一月五日、私はニュージーランドからイギリスに戻ってきました。船で働くことを条件に無賃で乗船させてもらったのです。ロンドンに着いたときにはポケットに数シリングしかありませんでしたし、売れそうなものもありませんでした。着ている服とわずかな小銭のほかに持っていたのは、船に乗っていた男からもらったピストルだけでした。それは彼が自分で作ったものでした。四、五丁持っていて、その型のピストルを世間に広めたいと言っていました。なぜ私にそれをくれたのかはわかりませんが、実包を二個つけて私に渡したのです。

私は金を使い果たしていました――残っているのは、一シリングか二シリングでした。仕事を探そうとしましたが、何もありませんでした。ふと、かつてローディングの郊外に友人が住んでいたことを思い出し、乗車賃を払える金がぎりぎり残っていたので、私は列車でそこまで行きました。ところが、その友人は二年前に引っ越していたのです。無一文になった私は、途方に暮れ、ローディングの街まで歩いて戻りました。

私が最初にしようとしたのは、質屋に行ってピストルを質入れすることでした。しかし質屋の主人は、どんなわずかの金額でも質草にはさせてくれませんでした。店にはピストルが腐るほどあるというのです。質屋を出て、小銭を稼ごうと駅まで歩いて行きました。私は絶望していました——飢え死にしそうでもあったのです。

七時頃、ロンドンから列車が到着しました。背の高い紳士が駅から出てきたので、運ぶのを手伝う荷物はないかと訊きました。彼は、消え失せろ、と言いました。一シリングでいいから、食べ物を買うお金をめぐんでくれないかと頼んだのですが、罵声を浴びせられ、しだいに男に対して憎しみが湧いてきました。

彼はガス灯の下に立ち、高そうな金の懐中時計を取り出して時間を確かめ、近くにいた人にチャーウェルという村へ行く道を尋ね、その場を立ち去りました。私は彼の行き先がわかったのです。

来週には絞首刑になるのですから、今は何も望むことはありません。私は悪人かもしれませんが、それまで一度もあのとき思いついたような犯罪に手を染めたことはありませんでした。それだけは事実です。その長身の男は、金があり、宝石を身につけ、上等の服を着ていました。私は一文なしで、餓死しそうなのです。私は走りつづけ、男が進む道を何マイルも先まわりし、凍りつくほど冷たい石の山に腰を下ろしました。彼がやって来るのを待ちながら、持ち物を奪い取ろうと心に決めたのです。殺すしかないと思いました。私よりずっと身体も大きく強そうだったからです。私はピストルに弾丸を込めました。

男が近づいてきました。月明かりであの男だとわかりました。近くまで来たときに立ち上がり、神をも畏れず、ピストルの引き金を引き、彼の心臓を撃ち抜きました。男は石のように倒れ、私は殺人者になったと知りました。

この所業をしなかったことにできたなら！　私は長いあいだ立ち尽くしていましたが、やがて覚悟を決め、死体に近づいて持ち物を盗ろうとしました。そのために殺したのですから、私は勇気を奮い起こし、その対価を手に入れようとしたのです。神のお慈悲がなかったら、それは私が魂を売り渡した対価になっていたでしょう。

私は、ファージング硬貨一枚たりとも盗んでいません。まさにそうしようとした瞬間に足音が聞こえたのです。顔を上げると、女が——あるいは亡霊が——こちらに近づいてくるのが見えたのです。私は恐怖のあまり、ピストルを落としてしまいました。確かに女は、私を見つめていたのです。月の光に照らされ、真っ青な顔で髪を振り乱して唇を動かしていました。死んだ男が倒れているところへまっすぐ向かい、立ち止まって両手を揉み絞っているのです。私は背筋が凍るような恐怖に襲われ、その場から逃げ出しました。野原や畑をいくつも走り抜け、止まるつもりはありませんでした。亡霊が追いかけてくるように感じたのです。

走りつづけているあいだに雪が降りはじめました。半分屋根で覆われた牛小屋を見つけなかったら、私は吹雪の中で凍え死んでいたでしょう。そこへ忍び込んで一夜を過ごし、翌日もしばらくそこにいました。私はこの世でもっとも惨めな人間でした。

空腹に耐え切れず、ついに外に出ました。なんとか降りしきる雪の中を歩きつづけて一軒の家にたどり着きました。飢え死にするところを、その家の人に助けられたのです。私は殺人現場に戻ることはありませんでした。あのとき以来、私の人生は耐えがたいほどの苦悩に満ちたものになったのです。絞首刑が迫っていますが、今の私は、苦しみにさいなまれてきたこの数カ月よりも、はるかに幸せを感じています。神様、どうか私の罪をお赦しください！

私が裁判で罪を認めたのは、被告人席から後ろを振り向いたとき、あのとき亡霊と思った女性が立ち上がり、裁判長に私の罪を訴えようとしているのが見えたからです。あの夜、彼女に目撃されていたのですから、私は有罪となる運命だと悟ったのです。
私はすべてを告白しました。一言一句、偽りはありません。神のお慈悲にすがっている私が、嘘を言うわけはありません！

ウィリアム・エヴァンス

追伸——以上の告白は、死刑囚が話したことを私が書き取ったものです。あなたが望んでいたことはすべて含まれているはずです。彼は心から悔いているようですが、彼の悔悟や懺悔の言葉を書き記すことまではしませんでした。謹白

スティーブン・クリスプ〉

＊

最後の行まで読み終わった。告白書が私たちの手からハラリと落ちた。私たちは互いに見つめ合った。深い感謝の涙が愛らしい妻の瞳に浮かんだ。哀れな男の告白によって、細かな点に至るまで明らかになった。一点の曇りもなく説明されたのだ——あの夜、フィリッパが裏切り者であるはずの男となぜまた会おうとしたかを除いては。誰も永久にそれについて知ることはないだろうが、彼女の一時的な錯乱がそれを説明していると言えば足りるのかもしれない。これ以上詮索する必要はないだろう。彼女は完全に無実だった。それを少しでも疑うようなことは、もはや妻の心にも残っていない。手と手を取り合い、心と心を通わせ、唇を重ね、私たちは立ち上がった。ついに私たちの苦悩は跡形もな

く消え去った。

すべての苦悩が消え去ったのだ！　これが私の回想録の最後の場面となるものだろうか？　いや、もうひとつある――今、私の目の前に広がる光景が残っている。

イギリスの住居。外には刈りそろえられた緑の芝生が広がり、手入れされた小道があり、年数を経た見事な木が何本か立っていて、室内は心地よい静けさに包まれている。これらこそが、イギリスの家屋を世界一快適な住まいにしているものだ。必要性がなくなったとき――陽光あふれるスペインが、もはや私たちにとって唯一の安全な場所でなくなったとき――その魅力は薄れ、ふたたびイギリスの美しい野原やそこに住む人々の誠実そうな赤ら顔が懐かしくなった。私たちはイギリスに帰り、目にしただけで悲しい記憶が呼び戻される場所から、はるかに遠く離れたところに居を構えた。今もそこに住んでいる。私たちは、その一人が、土のように冷たい額に――死だけが分かつことができるもう一人の額に――別れのキスをするまでここで暮らすことになるだろう。

外を見てほしい――日除けのついた窓から外を見てほしい。そこには私の妻のフィリッパが座っている。そばには背の高い息子と美しい娘たちもいる。長い年月が過ぎ去ったが、彼女の額は皺ひとつなく、漆黒の髪には一筋の白髪も混じっていない。彼女は今でも、まばゆいばかりに光り輝く美少女のようだ。私にとってフィリッパは、昔も今も世界一の愛らしくたおやかな女性なのだ！

幸せそうに、木陰にいる家族に優しい視線を送っていると、子どもたちがこちらに目を向けた。私に呼びかけて手招きしている。妻が顔を上げ、私と目が合った。この悲しい回想録からちょうど顔を上げた私をじっと見つめている。ああ！　愛しい妻よ、運命によって、その愛らしい瞳の中に私がかつて読み取ったものは何だっただろうか？　恥辱、悲嘆、恐怖、絶望、愛。愛以外のものははるか昔に消え、私がこの最後の数行を書きはじめたときには、彼女の穏やかで満ち足りた少しの翳りもない喜びの表情が、私の心にいつまでも留まっていた。それは、彼女の人生から辛い記憶がまったく消え去ったことを物語っていた——あの暗い《ダーク》、暗い日々《ダーク・デイズ》の記憶さえも！

訳者あとがき

本書『ダーク・デイズ』は、ヒュー・コンウェイ（Hugh Conway）の"Dark Days"の翻訳ですが、古典ミステリーのファンでも、ヒュー・コンウェイと聞いてすぐにどんな作家か思い浮かぶ読者は少ないのではないでしょうか。しかし、黒岩涙香の翻案小説『法廷の美人』の原作者と知ったら、思い当たる読者も多いかと思います。

本書にはヒュー・コンウェイや『ダーク・デイズ』に関する小森健太朗氏の詳しい解説が掲載されていますので、それらについては小森氏の解説をお読みいただき、ここでは訳者が『ダーク・デイズ』を翻訳するきっかけとなった大学のプロジェクトをご紹介したいと思います。

私は数年前から、早稲田大学社会連携研究所の招聘研究員として、明治・大正期の翻案小説を現代の読者に親しみやすい形で復刊し、その原作を新たに翻訳する活動をしています。この活動を「早稲田文庫プロジェクト」と名付け、次の十四冊の翻案小説を復刊し、未訳の作品と翻訳が古く感じられるようになった作品を中心に、その原作を翻訳することにしました。

『法廷の美人』	黒岩涙香	1889（明治22年）	薫志堂
『真ッ暗』	黒岩涙香	1889（明治22年）	金桜堂

『鬼車』	丸亭素人	1891（明治24年）	金桜堂
『鉄仮面』	黒岩涙香	1893（明治26年）	扶桑堂
『人の運』	黒岩涙香	1894（明治27年）	扶桑堂
『白髪鬼』	黒岩涙香	1894（明治27年）	扶桑堂
『魔法医者』	南陽外史	1899（明治32年）	文武堂
『不思議の探偵』	南陽外史	1899（明治32年）	中央新聞
『英国探偵実際談 稀代の探偵』	南陽外史	1900（明治33年）	中央新聞
『巌窟王』	黒岩涙香	1905（明治38年）	扶桑堂
『噫無情』	黒岩涙香	1906（明治39年）	扶桑堂
『八十万年後の社会』	黒岩涙香	1913（大正2年）	扶桑堂
『今より三百年後の社会』	黒岩涙香	1913（大正2年）	朝報社
『今の世の奇蹟』	黒岩涙香	1919（大正8年）	扶桑堂

これまで、『二輪馬車の秘密【完訳版】』、『鬼車 二輪馬車の秘密【明治翻案版】』、『八十万年後の社会 タイム・マシン【大正翻案版】』の三冊を扶桑社から電子書籍とプリント・オン・デマンド書籍で出版することができました。『鬼車』については、「朗読カフェ」にご支援いただいて朗読したものをYouTubeとオーディオブック（オトバンク）で公開しました。"Dark Days"の翻案小説『法廷の美人 ダーク・デイズ【明治翻案版】』は、近日中に扶桑社から出版される予定になっています。

この度、私の翻訳した『ダーク・デイズ』を論創社から出版することになったのも、小森健太朗氏に『二輪馬車の秘密【完訳版】』と『鬼車 二輪馬車の秘密【明治翻案版】』をお送りした際、「早稲田文庫」の出版予定一覧を同封したところ、論創社で"Dark Days"を出版する企画が進んでいると教えていただいたことがきっかけでした。

私が、「早稲田文庫プロジェクト」の活動を始めようと思い立ったのは、ファーガス・ヒュームの『二輪馬車の秘密』(The Mystery of a Hansom Cab)の翻訳をしているときに、原書が出版されてから五年後の明治二十四年(1891)に翻案小説の『鬼車』が出版されているのを知ったことによります。古書店で『鬼車』を入手して読んでみたところ、『二輪馬車の秘密』とは違った面白さがあることに気がつきました。さらに、明治・大正期の翻案小説を何冊か読んでみたのですが、どの作品も独特の味わいがあって楽しんで読むことができ、歴史の中に埋没した感のある翻案小説を現代の読者に親しみやすい形で提供するのは意義のある活動になるのではないかと感じました。

また、翻案小説と原書を比較して読んでみると、当時の翻訳者が西欧の小説を日本の読者に親しんでもらうためにさまざまの創意工夫をしていることがわかり、日本人が異文化をどのように取り入れていったかを知る一つのモデルになるのではないかとも思いました。

今回、"Dark Days"を翻訳して驚いたのは、その質の高さです。黒岩涙香が西欧のミステリーを日本に紹介するにあたって、最初の作品として"Dark Days"を選んだのもなるほどと肯けました。まだミステリーの黎明期ともいえる百四十年ほど前に、このように質の高い作品が発表されていたことには驚きを禁じ得ませんでした。ヒュー・コンウェイが三十七歳の若さでこの世を去らずに小説を書き続けていたら、ミステリーの歴史も変わっていたのではないかとさえ思ってしまいます。

小森健太朗氏の解説に掲載されている著作リストによると、コンウェイは短い作家活動で、中長編六編、短編二十数編を書き残しています。『ダーク・デイズ』が日本の読者に認められ、ヒュー・コンウェイの他の作品も紹介されるきっかけになれば、訳者にとってこれに勝る喜びはありません。

現在、「早稲田文庫プロジェクト」では、この活動に協力していただける方を募集しています。翻案小説の復刊に関心のある方は、私宛〈naoji@waseda.jp〉に電子メールでご連絡いただければと思います。

最後に、この場をお借りして、「早稲田文庫プロジェクト」をご支援いただいている皆様に謝意を述べたいと思います。「早稲田文庫」を電子書籍とプリント・オン・デマンド書籍で出版していただいた扶桑社の冨田健太郎さん、『鬼車』の朗読にご支援いただいた朗読カフェの喜多川拓郎さん、海渡みなみさん、孕石真子さん、本プロジェクトを組織として支えていただいている早稲田大学社会連携研究所所長の友成真一さん、論創社をご紹介いただき、『ダーク・デイズ』に解説を執筆していただいた作家の小森健太朗さん、『ダーク・デイズ』の編集にご尽力いただいた論創社の林威一郎さんに、心より感謝致します。

ホームズ登場前夜の探偵小説の改革者コンウェイ――その軌跡と作品の概観

小森健太朗（小説家、評論家）

ヒュー・コンウェイは、本名Frederick John Fargus（1847～1885）。若い頃から作家を志し、文筆活動の初期には詩をよく著していた。それらの詩は、彼が人気作家になって以降、二冊の詩集としてまとめられ刊行されている。初期においては本名で文筆活動をしていたが、一八八一年、三十四歳のときに初めて短編小説が雑誌に掲載され、以後大衆向けの小説家として人気と知名度をあげていく。やがてペンネームをヒュー・コンウェイとあらため、一八八三年に発表した長編第一作『コールド・バック』がヒット作となり、その翌年に刊行された『ダーク・デイズ』でコンウェイは、一躍ベストセラー作家の地位に昇りつめることになる。この本の初版は６０００部からスタートしたが、その年のうちに三万部以上が売れ、コンウェイが没したときの累計部数では三十五万部以上にまで積みあがっていたという。コンウェイ没後間もない一八八六年にファーガス・ヒュームが刊行した『二輪馬車の秘密』が大ベストセラーとなり、累計五十万部以上のセールスは、当時の大衆小説の売上記録を塗り替えたといわれたが、コンウェイのこの小説の売行きも、『二輪馬車の秘密』に次ぐベストセラーといえるものであった。

一八八〇年代のヨーロッパ文壇、特にイギリス文壇は激動の変革期にあった時期といえるだろう。

英国では既に貸本小説は一大人気となっていて、一年に何百作もの大衆向け小説が刊行されていた。そのリストをみると、デュマを初めとする国外の人気作家の翻訳作品が含まれ、ガボリオやデュ＝ボアゴベといったフランスで書かれていた探偵小説の作品群も広く英訳され刊行されていた。また、ジュール・ヴェルヌらSF小説の祖型となる作品群や冒険小説も数多く翻訳刊行され、英国作家による作品も多数刊行されていた。当時の英国で刊行されている大衆小説向けの貸本小説のリストをながめると、明確にジャンル分けできない作品も多いものの、おおまかに人気ジャンルをあげるなら、恋愛小説、冒険小説、犯罪小説が多かった。この時代に「貸本小説の女王」と呼ばれて随一の人気を誇った女性作家メアリ・エリザベス・ブラッドンの書く小説は、それら三つの要素を全部兼ね備えたかのような悪女小説が市場を席捲していた。ブラッドンに続いて文壇に登場したシャーロット・メアリ－・ブレムもまた、悪女小説を手がけ、恋愛ロマンスや犯罪サスペンスまで幅広い作風の作品を発表して人気を博し、その筆名のバーサ・M・クレーはハウスネームと化して多くの作家たちがその名前で数多くの作品を刊行した。

探偵小説史の観点でこの時期のこれらの作品群を見た場合、犯罪サスペンス小説や悪女小説の中に、後の探偵小説の萌芽となるトリック小説や名探偵小説の要素があるものを色々と見いだすことができるが、まだ二〇世紀的な意味での探偵小説が未確立だったこの時代は、さまざまな作品がごった煮の坩堝《るつぼ》の中でうごめいているような状態ともいえ、これらの作品群を漁っても、純度が高い本格探偵小説はなかなか見つけることができない。

ヒュー・コンウェイは、英国文壇に彗星の如くデビューし、この時代にあっては、探偵小説の純度が相当に高いといえる『コールド・バック』と『ダーク・デイズ』の二作を発表することで、探偵小説史に大きな足跡を刻んだ作家であるといえる。コンウェイに続いて登場したファーガス・ヒュームの『二輪馬車の秘密』もまた、この時代においては探偵小説の濃度が高い作品で、未曾有のベストセラーとなった。これらの作品の大ヒットは、この時代に探偵小説を求める読者の需要が大きいことを実証した。コンウェイとヒュームは、一八八七年にシャーロック・ホームズが登場する前夜の英国文壇で、探偵小説の純度を高める作品を発表した作家として歴史に名を刻むが、後の探偵小説史で顧みられることはともに少ない。コナン・ドイルによるシャーロック・ホームズ人気が圧倒的であったためにも、その直前に登場した人気探偵小説の存在感がかき消されてしまった面もあるだろうが、不当なまでの冷遇された評価であるといえなくもない。ヒュー・コンウェイは病いを患い三十代の若さで急逝したために、彼の死後の評価があまり高くないのは、作家としての充分な活動期間を得られなかった不運もあると思われる。

黒岩涙香は、明治期に多数の海外探偵小説を翻案紹介し、日本の探偵小説の祖と呼ばれる存在だが、その涙香が初めて翻案した作品が、このコンウェイによる『ダーク・デイズ』をもとにした『法廷の美人』（一八八八年）である。その序文で涙香は、ウィルキー・コリンズの『トゥー・デスティニーズ』とコンウェイの『ダーク・デイズ』がともに似た趣向をもっていることに気づいたと述べ、先行するのはコリンズなのでコリンズを訳出すべきかと当初は考えたが、面白さで選んでコンウェイ作品を訳すことにしたとしている。両作品を読み比べてみると、黒岩涙香が指摘するほどの類似性には乏しく、共通点としてあげられるのは、ともに悪役が重婚していることくらいである。その他は全くの別の筋立てで、コンウェイが作家としてコリンズを手本とし目標とするところから出発している点において、涙香の並列見立てには正当性がある。ウィルキー・コリンズのフォロワーとしてのコンウェイは、文体の類似性もあり、当時まだ現役活躍中だったコリンズの後継作家として、コンウェイは筆頭にあげられる存在でもあった。しかしコンウェイは、長寿に恵まれずコリンズより先に没してしまう。作品数の少ないコンウェイ作品は、以後の黒岩涙香の翻案作品に選ばれることもなかった。

将来を嘱望されたのに、若くして亡くなったヒュー・コンウェイを惜しみ、ウィルキー・コリンズは、彼の死の翌月の一八八五年六月に追悼文を発表している。コリンズやディケンズの発表主舞台となっていた雑誌「All the Year Round」にコンウェイが作品を発表するようになったのも、コリンズの後押しがあったためかもしれない。コリンズは、コンウェイの文名が長く残らないだろうという見通しも示していて、その予想は実際にあたっているが、発展途上にあったコンウェイの筆力がさらに磨けるだけの時間が与えられていれば、もっと素晴らしい作家になれたかもしれないとその才を惜しんでいる。その後コリンズは、コンウェイ連載作品「ファミリー・アフェア」のモチーフに基づく作品として「ギルティー・リバー」という作品を発表していて、コンウェイの遺作を補完するような執筆もしている。

ヒュー・コンウェイを探偵小説史に位置づけるなら、シャーロック・ホームズ登場前夜の探偵小説の飛躍的発展を準備した過渡期における重要作家として、ウィルキー・コリンズの作風を後継しつつも、探偵小説の水準をコリンズ作品の水準から飛躍的に高めたとなるだろう。筆者が『英文学の地下水脈』で論じたヒュー・コンウェイ論では、コンウェイ作品がコリンズ作品から決定的に離脱・進化している点として以下の四つをあげている。（1）冗長さの排除（2）心霊・超自然的要素の排除（3）筋の展開における偶然の排除（4）謎となる犯罪を興味の焦点に置く。

そのコンウェイ論でとりあげた特徴は、いずれも『ダーク・デイズ』から抽出したものであり、コンウェイ作品全体を見回すと、この四要素を具現化している作品は、『ダーク・デイズ』一作しかないことに気づく。コンウェイの短編作品全体を総覧しても、本格探偵小説といえる作品はなく、広義のミステリーと呼べる作品は全体の三割くらいを占めるが、大体が心霊要素か超自然要素、あるいは筋の展開における偶然のもたらす解決によるものであり、右の四特徴を兼ね備えたものではない。『英文学の地下水脈』の論を書いたときに筆者が参照したコンウェイ作品は『ダーク・デイズ』と『コールド・バック』の二作だったが、その時点で未読だった短編作品を総覧する機会を得て、最も純度が高い探偵小説に近づいた『ダーク・デイズ』がコンウェイの唯一無二の代表作であることをあらためて確認した。この作品は、コンウェイの他のミステリー作品ではみられないほど、はやい段階で謎の提示がされ、タイムリミットサスペンスの要素も盛られ、解決部での意外な真相の解明が用意されている。ただし、この作品が厳密な本格ミステリ小説とはいえないのは、解決が探偵役によるロジカルな推理によらず、偶然頼みの解決になっているところだろう。それにしても、この時代の水準としては、驚異的な探偵小説の具現度がこの作品にはあるといえる。

コンウェイの長編デビュー作となる『コールド・バック』については、拙著『英文学の地下水脈』のコンウェイ論でとりあげてそのストーリーを詳しく論じている。その論ではデビュー長編を『ダーク・デイズ』とし、『コールド・バック』を第二作としているが、『コールド・バック』の刊行年を一八八四年としたのは誤りで、正しくは一八八三年である。この論を書いた時点で参照したデータに記載してあった刊行年が初刊時のものでなく、再刊時の年号だったために誤りが生じた。コンウェイのデビュー長編は『ダーク・デイズ』でなく『コールド・バック』であり、この作品は、コンウェイ作品全体の中では『ダーク・デイズ』に次ぐ重要性があるといえる。一八八三年の『コールド・バック』初刊本は刊行部数が少なかったせいもあってか、後に作成されたコンウェイ作品リストでしばしば、この本の刊行年が一八八四年であると誤記されているのがみつかる。

その後、同論を読んだ桒原丈和教授より、このストーリーは明治期の翻案作品と一致するものがあり、原作が不明とされていた「幻影」という作品の原作であることが確認された。「郵便報知新聞」に一八八六年十月から一八八九年末まで掲載された小説の総称が「嘉坡通信　報知叢談」と呼ばれている。そのうちの、一八八八年四月二十七日から七月十九日まで七十一回にわたって連載された笠峯居士による「幻影」という作品である。笠峯居士という筆名は、おそらく森田思軒のことであろうと推定されていて、分量としてもほぼ『コールド・バック』を完訳に近い形で訳出したとおぼしい。（桒原丈和「『嘉坡通信　報知叢談』論――メディアとしての小説――」『文学・芸術・文化（文芸学部論集）』21巻1号（二〇〇九年九月）

この作品は狭義のミステリ小説にはあたらないものの、広義のミステリないしロマンチック・サスペンス小説といえるもので、コンウェイの文名を轟かせるのに貢献した。主人公は目の見えない状態で知らない屋敷に紛れ込み、そこで女性と出会い、殺人の現場に遭遇する。後に視力を回復した主人公は、出会った謎めいた女性に恋するようになり、求婚が受け入れられるが彼女は、ショックの大きかった昔の犯行現場に居合わせたときの記憶を失っていた。この作品中に、主人公が謎を解く手がかりを得るために、ロシアに渡ってシベリア急行に乗って旅をする場面があり、その箇所の描写が木々高太郎の長編小説『人生の阿呆』を思わせるところがある。木々は、その作中のロシア旅行のくだりでは、このコンウェイの小説を参照したのかもしれない。

コンウェイの長編作品は、いずれもが主人公が異国の地を旅する展開が盛り込まれていて、その作風の特徴をなしている。『ダーク・デイズ』においては、主人公たちがスペインの地へと逃れ、また英国に戻ってくるくだりがある。

今日的にみて読んで面白いといえるコンウェイ作品はまだまだ他に多くあり、特にミステリ味の強い作品としては『コールド・バック』と中編の『スリングズ・アンド・アローズ』があげられる。幽霊話や怪談として英国で編まれたアンソロジーにとられているコンウェイ短編もあり、本書以外のコンウェイ作品も紹介の時宜を待っているといえるだろう。

以下、コンウェイ全作品の簡単な解題を付す。

ヒュー・コンウェイ著作リスト

長編

1. Called Back, Arrowsmith, 1883
2. Dark Days, Arrowsmith, 1884
3. A Cardinal Sin（3 vols), Remington,1884
4. A Family Affair（3 vols), Macmillan 1885
5. Living or Dead（3 vols),Henry Holt & Co, Macmillan 1886

中編集

・Slings and Arrows,John W. Lovell Co. 1884

短編集

・Bound Together. Tales（2 vols）, Remington & Co 1884

Volume 1

The Secret of the Stradivarius…… 1881 December, Blackwoods Edinburgh Magazine
Fleurette……1883 April, Blackwoods Edinburgh Magazine
A Cabinet Secret……1882 December 9, All the Year Round
The Bandsmans Story…… 1882 April, Blackwoods Edinburgh Magazine
Miss Riverss Revenge……1883 December 1, 8 and 15, Chamberss Journal
The Blatchford Bequest……1883 November 3, 10, 17 and 24, Chamberss Journal
My First Client（A Solicitor's Story）…… 1883 December, Bristol Times and Mirror

Volume 2

Our Last Walk（A Mystery）
Miss Riverss Revenge
The Daughter of the Stars（A Psychological Romance）……Arrowsmiths Christmas Annual

1881

In One Short Year

The Truth of It（A Solicitor's Story）

A Speculative Spirit……1882 June 3, All the Year Round

・Carristons Gift and Other Tales, H. Holt & co 1885

Carristons Gift……1885 The Graphic Summer Number

Chewton-Abbot…… 1884 May 3, 10 and 17, Chambers's Journal

A Dead Mans Face…… 1884 December, Harper's New Monthly Magazine

Paul Vargas…… 1884 April ,The English Illustrated Magazine

Julian Vanneck…… 1884 Society, Winter Number

The "Bichwa"…… 1884 Bristol Times and Mirror, Christmas Number

・At What Cost, and Other Stories,John and Robert Maxwell 1885

At What Cost……1885 August 22, Sheffield & Rotherham Independent & 1885 September18, The Nottinghamshire Guardian

The Story of a Sculptor……1885 August 29, September 5 and 12 , Sheffield & Rotherham

Independent;1885 August 28,September 4 and 11, The Nottinghamshire Guardian
Capital Wine……1885 September 19, Sheffield & Rotherham Independent;1885 September 25
The Nottinghamshire Guardian

詩集

1885 Lays and Lyrics
1887 A Life's Idylls and Other Poems

未収録短編

A Genuine Ghost……1884, London Figaro Christmas Number
A Fresh Start……没後刊行されたCarristons Gift（1886, Trove）の新編集版に収録

短編単独で小冊子として刊行されているものがいくつかあるが、いずれも右記の短編集に収録されている作品であるため、このリストでは省略した。

コンウェイ名義で刊行されたものの、コンウェイ自身の作品でないとわかっている作品もいくつかある。*Much Darker Days*（1884）はヒット作『ダーク・デイズ』の続篇をHuge Longwayが書いた作品。*Bound by a Spell*（1887）がヒュー・コンウェイ名義の長編として刊行されているが、コンウ

ェイ夫人が新聞社のインタビューで、「この作品は夫が書いたものではなく、偽作である」と証言しているため、コンウェイの真作とはみなされず、リストからは省いた。

Circumstantial Evidence（1885）というコンウェイ名義の短編集が目録で見つかっているが、現物未見のために詳細は不明。収録作品が12本であることから、Bound Together の改題刊行書である可能性がある。All in One（1891）は、Bound Together の改題刊行書。Fatal House は Called Back の別題刊行書である。

The Missing Will and Other Stories という短編集がやはり目録で見つかっているが、表題作 The Missing Will は詳細不明で、既存のコンウェイ作品のどれかを改題したものかもしれない。この短編集に収録されている他の短編は、右記の短編集に収録されている作品と重複しているのが確認されている。

コンウェイが残した長編小説は五作あり、先の二作以外の三作はいずれも三巻本で刊行され、より長大なものとなっている。ジャンルとしては、"A Family Affair"『ファミリー・アフェアー』以外の四作は、広義のミステリーにあたる作品である。もっとも、その中で犯人当ての興味まで含有する本格ミステリものに近い作品は『ダーク・デイズ』以外にはない。

『ファミリー・アフェアー』は、コンウェイが文芸誌に三年近くにわたって連載した普通文学ないし純文学といえる作品で、家族の肖像と交錯する人間模様を描いていて、文学的方面では彼の到達点であると評された。コンウェイ作品を評価したウィルキー・コリンズは、文学の尺度での彼の代表作はこの『ファミリー・アフェアー』だろうとしている。

『カーディナル・シン』は、列車を舞台にしたサスペンスものとして開幕し、過去に因縁のある貴族の相続をめぐる争いを背景にした、殺人事件が絡むミステリアスなサスペンス物語である。最初は三巻本として刊行され、その後一巻本として再刊されている。

『デッド・オア・リビング』は、物語の後半で殺人事件が生じるものの、作中に露骨な悪役がいるために、犯行自体が誰によって行なわれたかの謎はほとんど生じない。主人公の父親が行方をくらまし、親友の父親が不在で母親が不倫相手にしている悪役らしい貴族が出てきて、主人公が賭け事で勝負を挑んで大敗し、多額の借金を背負ってしまう。その後、親友の母親の不倫疑惑において証言の鍵を握るメイドが不審な死をとげるが、メイドは自身の偽装工作への加担を書き記した遺書をのこし、悪役の犯行計画が暴露される。

中編小説『スリングズ・アンド・アローズ』は、幼い頃に乗った船が沈没して親とはぐれ、貴族に助けられた少年がその後その貴族の養子として育てられ爵位を継ぐ。養父がなくなった後、恋に落ちた女性と結婚寸前までいったところで、相手の女性が「探さないで」という書き置きを残して失踪する。その背後には出生時の秘密が隠されていた。殺人の謎は出てこないものの、ミステリとしての緊密度では、コンウェイの中短編作品の中では随一である。

短編集収録作品についても簡単に紹介しておく。

第一短編集*Bound Together*は、それ以前に小冊子として刊行されていたコンウェイ短編を集めて、当初は一巻本として刊行され、さらに二巻目が追加刊行となって、この時点でのコンウェイ短編をほぼ全部網羅した短編集となった。

The Secret of the Stradivariusは、バイオリン弾きにまつわる怪談。ヨーロッパの新進気鋭のバイオリニストが英国に渡ってきて公演を成功させるが、彼は高価で入手難な本物のストラディバリウスのバイオリンを入手したがっている。バイオリンに憑いた幽霊が登場する奇譚である。

Fleurette は、語り手の医者の兄の、近所に母と娘の二人が引っ越してきて、兄が美しい娘に恋するようになる。娘もまた兄のことを憎からず思っているようなのに、彼の求婚を拒んでやがてどこかに去ってしまう。ロンドンでたまたまその娘を見つけた語り手は、なぜ彼女が結婚を拒んだのか理由を探ろうとする。

A Cabinet Secret は、中国の陶磁器や骨董品を蒐集しているものたちをテーマにした物語で、コレクター同士のつながりで知り合った女性二人組と主人公の知人が恋仲におちたようだが、その行方には予期せぬ障害が待ち受けていた。

The Bandsmans Story は、若い頃音楽の才を嘱望された語り手は、音楽学校に入学した頃には、平凡な生徒になっていた。下宿先の大家の娘が美しく、音楽生二人が彼女をめぐって争うが、やがてそのうちの一人が謎の失踪をとげる。その背後にある謎を追うストーリーは、ミステリ仕立てといえる。

The Blatchford Bequest は、副牧師の主人公で、管区の裕福な夫人に相続人がなく、亡くなったときに莫大な資産を託される。彼はその資産を自由に使ってよいといわれたが、ただ一つ、もし生き別れた彼女の息子のラルフが現れたときには資産を渡してほしいと頼まれる。主人公は牧師の仕事をやめてそのお金を使い込むが、ラルフが偶然現れて……。

My First Client は、カー弁護士を探偵役とするシリーズ第一作。彼の最初の依頼人は、老いた貴族で、既に亡くなった彼の放蕩息子が残した幼い一人娘の後見人として託される。

Our Last Walk は、副題にミステリーと銘打たれた作品で、ヒロインが夫の不可解な死の謎を追っている。合理的な解決があればミステリ小説といえるところだったが、怪奇現象によるものとされる内容。

Miss Riverss Revenge は、題名からすると一種の復讐譚かと思われたが、三角関係の恋愛ストーリーの変種である。一人のハンサムな男性をめぐってヒロインと友達の女性が恋を争うが、その男性が愛の告白をしてきたのはヒロインの方だった。しかしその告白の仕方に侮辱めいたものを感じたヒロインは彼に復讐をしようと決意する。

The Daughter of the Stars は、心霊小説の要素がある作品。少年が主人公で、近くに越してきた中年男性が彼に心霊の教えを説き、少年はその教えに魅せられる。その男の家に若い美少女が現れる。その男の娘のようでもあるが、血がつながっているのかよくわからない。少年は彼女に夢中になるが、やがてふっつり姿を消し、会えなくなり、少年は男に再会を懇願する。霊を通した出会いが説かれる。

In One Short Year! は、『ダーク・デイズ』の原型のような話で、管区牧師が主人公で、悪い男からヒロインのフィリパを救い出そうとする話。

The Truth of It は、カー弁護士を主人公とする二作目。依頼人が閉鎖状況で殺されているのがみつかり、彼が捜査に関わることになる。。

A Speculative Spirit は、列車事故が起こり、主人公の同僚がその事故に巻き込まれて落命したというしらせが届く。その死んだ同僚からの電報が届くが、その内容に事故後の情報が含まれていて、なぜそんな電報を死者がうてたのか?という謎が生じる。

続く第二短編集「At What Cost」は三編から成る。
表題作 At What a Cost は、雑誌掲載の初出時には a が題に含まれていたが、短編集題としては a が落とされている。死んだ夫が残した長文の手紙を妻が読んでいる話で、夫は親友が自分の妻に愛されていると嫉妬にかられ、その友人を間接的な仕方で死に追いやったことを懺悔し告白している。
The Story of a Sculptor は、農家の子どもが主人公で、早世した芸術家気質の母親の血をうけつぎ、彫刻家としての才能を発揮する。父親に理解されず、近くの貴族が学費もちでつれだし、やがてその貴族の娘ユージェーヌと愛し合うようになる。しかし彼女には婚約者がいて、二人の結婚は阻まれてしまう。
Capital Wine は、ワインコレクターの男が急死し、その相続権がある二人（いとこ同士にあたる）が、高価なワインの相続権をめぐって争うことになる。

第三短編集 *Carriston's Gift and Other Tales* は、コンウェイの没後に作品を増補する形で再版されている。
Carristons Gift は、主人公は趣味で絵を描いているが、知り合ったカリソンはずっと絵がうまく才能がある。彼はいとこのラルフと敵対関係にあり、結婚を約束した女性が姿を消したのがいとこのせいだと目星をつけ、探索する。
Paul Vargas は、ヴァルガスという不思議な男と主人公は人生で三回邂逅している。一回目は学生寮にいた学生として、彼は心霊哲学を語ってきかせた。二回目は、主人公は学校を卒業して医者になってから赴任したイスタンブールで、羽振りがよく女性をはべらせているヴァルガスと会う。三回目は、戦地で死にかけているヴァルガスに会うが、彼は不思議なわざを使い、伴侶の女性の生命力を吸って復活する。*Death By Suggestion: An Anthology of 19th and Early 20th-Century Tales of Hypnotically Induced Murder, Suicide, and Accidental Peath* というアンソロジーに収録されている。

A Dead Man's Face は、三人兄弟の二番目の男が主人公で、数年前に兄が異国の地で死亡し、死因がはっきりしなかった。弟が結婚したいとつれてきた女性と会って以降、妙な幽霊のようなものを主人公がみるようになり、どうやらそれが死んだ兄の顔に似ているとわかる。幽霊もののアンソロジーに収録されたことのある作品である。

Julian Vanneck は、主人公が、友人を介して不思議なヴァネックという男を紹介される。カードゲームをして、不審な印象をもち、その後、何回かつきまとうように現れるようになり、破滅へと突き進む。

The "Bichwa" は、インドなど植民地で武器や珍品を集めているコレクターが、ビチワという謎めいた短剣をみせる。その短剣を手にした主人公は、思わず人を刺しそうになって、間一髪で制止され、その短剣のもつ不思議な魔力のようなものだと説明される。数年後、主人公は事故にあって、その事故を起こした夫婦が責任を感じて面倒をみている。そこに不可解な刺殺事件がおきて、またビチワがからんでいた。

Chewton-Abbot は、裕福なアボット修道院長の夫婦に結婚を反対される息子。婚約者の女性は四年間結婚をあきらめるとして豪州にわたるが、その間の社会変動によってアボット夫妻は財産を失い、息子が家計を支えるために働きだしていた。アボット夫妻の債権者となっていたのが、実はその婚約者の女性のゆかりの人物だった。

未収録短編 A Genuine Ghost は、幽霊話の一種で、幽霊が出る屋敷の調査に乗り出し、過去にそこで自殺した女性がいたらしいことがわかる。

入手できたコンウェイの短編集に筆者は一通り目を通し、今日の観点で読んでも面白いものが多いと感じた。十九世紀の小説の書き手は、今日の観点でみると、長々しく描写を書き込む傾向の作風が多いが、コンウェイは、この時代の書き手としては無駄が少ない、きびきびした文章を駆使して、比較的スピーディーな展開をさせている。作品によってバラツキはあるが、導入部で魅力的な謎や、読者の興味をひきつけるツカミを上手く提示している作品も多い。この『ダーク・デイズ』刊行が呼び水となって、他のコンウェイ作品を読みたいという読者が多ければ、全訳は無理にしても、コンウェイの中短編をセレクトした作品集などが編まれてもよいだろうと思う。

筆者としても、『英文学の地下水脈』を刊行したときに、一章を割いて論じたヒュー・コンウェイの作品がここにこうして初めて完訳されることに接して感慨が深い。あの評論集では、さまざまな未訳作品を紹介しているが、その中では最も面白いと思えた作品がこの『ダーク・デイズ』であり、自信をもって世のミステリ読者に勧められる内容のものだからである。

〔著者〕
ヒュー・コンウェイ
本名フレデリック・ジョン・ファーガス。1847年、英国ブリストル生まれ。1883年に小説「Called Back」で長編デビューし、翌年『ダーク・デイズ』(84)を発表する。1885年死去。

〔訳者〕
高木直二(たかぎ・なおじ)
1947年、福島県生まれ。早稲田大学第二文学部卒。翻訳家、早稲田大学社会連携研究所招聘研究員。現在、大学の研究所を中心に、明治・大正期の翻案小説を復刊し、その原作を翻訳する活動をしている。訳書『去年を待ちながら』(共訳)、『裁くのは誰か?』『大学経営 起死回生のリーダーシップ』『ドラッカー 教養としてのマネジメント』(共訳)、『二輪馬車の秘密』。編書『鬼車 二輪馬車の秘密【明治翻案版】』『八十万年後の社会 タイム・マシン【大正翻案版】』。

ダーク・デイズ
——論創海外ミステリ 274

2021年8月20日　初版第1刷印刷
2021年8月30日　初版第1刷発行

著　者　ヒュー・コンウェイ
訳　者　高木直二
装　丁　奥定泰之
発行人　森下紀夫
発行所　論 創 社

〒101-0051 東京都千代田区神田神保町2-23 北井ビル
TEL:03-3264-5254　FAX:03-3264-5232　振替口座 00160-1-155266
WEB:https://www.ronso.co.jp

組版　フレックスアート
印刷・製本　中央精版印刷

ISBN978-4-8460-2091-0
落丁・乱丁本はお取り替えいたします